Holiday Job: Detective! – Ferienjob: Detektiv!

von Luisa Hartmann

Langenscheidt

Lektorat: Barbara Müller
Englischsprachiges Lektorat: Elizabeth Langeron
Zeichnungen: Anette Kannenberg
Umschlaggestaltung: init.büro für gestaltung, Bielefeld

Luisa Hartmann (Jahrgang 1958) lebt mit ihrer Familie in München. Sie schreibt deutsch und englisch und ist seit Jahren Mitglied in der englischsprachigen Online-Schreibgruppe IOWG. Neben Romanen für Kinder und Jugendliche schreibt sie 3-Minuten-Geschichten für das Vor- und Grundschulalter zum Vor- und Selberlesen.

www.krimis-fuer-kids.de
www.langenscheidt.com

3. Auflage 2020

Satz: kaltner verlagsmedien GmbH, Bobingen
Druck und Bindung: Druckerei CH Beck, Nördlingen

ISBN 978-3-12-563259-2

Inhalt

Warum denn zweisprachig?

Vielleicht haben Sie sich gefragt, warum Langenscheidt zweisprachige Lektüren für Kinder anbietet? Schließlich vertreten doch Pädagogen die Meinung, dass Schüler beim einsprachigen Unterricht am meisten lernen.

Was für den Schulunterricht richtig ist, gilt nicht unbedingt für Lektüren. Stellen Sie sich einmal vor, Ihr Kind lernt erst seit zwei oder drei Jahren Englisch und soll einen rein englischen Text lesen: Ein einfacher Text wird inhaltlich für Ihr Kind eher langweilig sein, weil man mit wenigen Vokabeln eben noch keine spannende Geschichte erzählen kann. Interessante Texte hingegen sind oft vom Vokabular und der Grammatik zu schwierig, sodass Ihr Kind nicht mitkommt.

Um Englisch für Ihr Kind leichter und spannender zu machen, sind unsere Lektüren daher zweisprachig.

Hauptfiguren unserer Lektüren sind immer deutsche Kinder, die aus einem bestimmten Grund mit der englischen Sprache konfrontiert werden, sie im Zusammenhang mit ihren Erlebnissen lernen und dabei durchaus auch Schwierigkeiten haben.

Die altersgerechte, fesselnde Handlung wird – aus der Perspektive der Hauptfiguren – auf Deutsch erzählt. Wenn diese sich aber mit englischen Kindern unterhalten, müssen sie natürlich Englisch sprechen. Die Dialoge sind daher auf Englisch.

Durch die Zweisprachigkeit wird Ihr Kind auf seinem Niveau abgeholt. Die Erfolgserlebnisse steigern die Motivation, wodurch wiederum das Lernen der neuen Wörter und Wendungen erleichtert wird.

Von all diesen Überlegungen bekommt Ihr Kind aber nichts mit. Es liest die Lektüre einfach mit Spaß und lernt ganz nebenbei, dass Englisch gar nicht so schwer ist.

Auf nach London

Egal, ob es nun Tränen der Wut oder der Angst waren, Britta schämte sich dafür. Sie war doch kein kleines Kind mehr! Verstohlen wischte sie sich mit dem Ärmel über das Gesicht. Paps sollte nicht merken, dass sie sich vor dem Flug nach London fürchtete.
"Du wirst sehen, es geht alles glatt", sagte ihr Vater in diesem Augenblick. "Anja holt dich ab, und auf dem Flug wirst du von den Stewardessen betreut."
"Ja, Paps", seufzte Britta. "Es ist doch nicht mein erster Flug."
"Ich weiß, mein Schatz", erwiderte ihr Vater und drückte ihr einen Kuss auf die Stirn.
"Letzter Aufruf für den Flug British Airways 947 nach London. Wir bitten alle Passagiere ..."
"Das ist deiner." Britta ließ sich noch einmal umarmen. "Guten Flug, meine Süße."
"Danke, Paps. Du rufst mich an, ja?"
"Ja, natürlich, sobald ich in Barcelona gelandet bin."
"**Last and final call** for BA 947 to London. **Please proceed immediately** to **gate** B 07."
Britta schulterte ihre Umhängetasche und stellte sich

---

last and final call allerletzter Aufruf
please proceed bitte begeben Sie sich
immediately sofort
gate Flugsteig

in die Schlange bei der Passkontrolle. Der Grenzschutzbeamte winkte sie durch. Sie legte die Tasche auf das Band der Röntgenmaschine, ging durch die Sicherheitsschranke und war erleichtert, weil nichts piepste. Britta schaute sich noch einmal um, aber ihr Vater war nirgends mehr zu sehen.
Britta atmete durch und ging zu ihrem Gate. Sie hielt der Frau im blau-roten Kostüm ihre Bordkarte hin.
"Ah, you must be Britta Schaub", sagte die Stewardess erfreut. "Your father has **booked** the **meet and assist service** for you."
Britta war einerseits erleichtert, andererseits wütend. Ihr Vater traute ihr wirklich nichts zu.

"Yes, I'm Britta Schaub", erwiderte sie, nahm ihren Abschnitt entgegen und wollte den anderen Reisenden zum Flugzeug folgen.
"Oh, please, wait a minute, my colleague Helen will **accompany** you", rief die Stewardess ihr hinterher. Sie ging zum Schalter und telefonierte kurz, kam dann zurück und sagte zu Britta: "She'll be here in a minute."
"Thank you", antwortete Britta folgsam. Sie trat zur Seite, um die letzten Reisenden vorbeizulassen. Doch sie musste nicht lange warten. Eine sehr junge Ste-

---

booked gebucht
meet and assist service Begleitservice
accompany begleiten

wardess mit blondem Pferdeschwanz kam auf sie zu und sagte: “Hello, are you Britta?”
Britta nickte.
“Hi, I’m Helen. **I’ll** take you on board and **look after you during** the flight.”
“Thank you”, wiederholte Britta und folgte Helen zum Flugzeug.
“May I have your **boarding pass**, please?”
Britta reichte Helen ihren Abschnitt.
“Ah, your seat is in the seventh **row**, **dear**. That’s the first one behind business class”, strahlte die Stewardess und deutete nach hinten.
Britta war es peinlich, dass sie wie ein kleines Kind behandelt wurde. Aber wie sollte sie der Stewardess sagen, dass sie in Ruhe gelassen werden wollte?
“That’s okay”, begann sie. “I know where my seat is.”
Zum Glück verstand Helen sofort, was sie meinte.
“That’s great, dear. If you need **anything**, **let me know**, okay?”

I’ll look after you ich werde mich um dich kümmern
during während
boarding pass Bordkarte
row Reihe
dear Liebes; *Anrede für Menschen, die man mag. Ebenso werden auch* **honey** *oder* **love** *verwendet. Kinder werden manchmal auch von Fremden so angesprochen.*
anything irgendetwas
let me know gib mir Bescheid

"Yes. Thank you."
Britta ging zu ihrem Platz, vorbei an Geschäftsleuten, die die rosafarbene Financial Times in der Hand hielten oder auf ihrem Laptop herumtippten. Zwei Reihen vor Britta saß eine Frau im dunkelblauen Kostüm, die einen nervösen Eindruck machte. Vielleicht hat sie Angst vorm Fliegen, dachte Britta, verstaute ihre Tasche im Gepäckfach und schob sich auf den Fensterplatz. Der Sitz neben ihr blieb leer.
Als eine Stewardess Zeitschriften anbot, nahm Britta sich eine englische Ausgabe der Cosmopolitan. Aber vorerst kam sie nicht zum Lesen, denn das Flugzeug rollte bereits Richtung Startbahn. Währenddessen erklärten die Stewardessen die Sicherheitsvorschriften. Britta kannte das von früheren Flügen: **Smoking is prohibited, fasten your seatbelt**, the **life jacket** is under your seat, **oxygen masks** will **fall down automatically if the cabin pressure drops**.

Smoking is prohibited Rauchen ist verboten
fasten your seatbelt bitte anschnallen
life jacket Rettungsweste
oxygen masks Sauerstoffmasken
fall down herunterfallen
automatically automatisch
if the cabin pressure drops falls der Druck in der Kabine abfällt

Ob ihr Vater schon auf der Aussichtsplattform war? Er hatte noch Zeit, bis sein Flug nach Barcelona ging, und er hatte versprochen, ihr zuzuwinken, auch wenn sie das nicht sehen würde.
Die Stewardessen nahmen ihre Plätze ein, die Triebwerke dröhnten und ließen das Flugzeug erzittern, die Geschwindigkeit wurde schneller und schneller und das Flugzeug hob ab. Britta liebte diesen Augenblick, wenn der Magen nach unten sackte; es war wie auf einem Karussell.
Britta schaute aus dem Fenster. Der Flughafen verschwand schnell, und eine dichte Wolkendecke verbarg schließlich die Welt unter ihnen. Britta nahm die Cosmopolitan und blätterte darin, fand sie aber ziemlich öde. Doch dann entdeckte sie ein Interview mit Robbie Williams und verbrachte die meiste Zeit des Fluges damit, den Text zu enträtseln.
Helen fragte zweimal nach, ob alles in Ordnung sei, was Britta beide Male bejahte. Es gab Sandwiches, Orangensaft und Tee zum Frühstück, und kaum hatten die Stewardessen alles abgeräumt, kündigte der Pilot den Anflug auf Heathrow an. Jetzt nur noch durch die Passkontrolle, und dann würde Tante Anja übernehmen. Es war doch wirklich ein Kinderspiel.
Mit einem leichten Hoppeln setzte das Flugzeug auf. Als sie schließlich auf ihrer Parkposition standen, wollten alle Fluggäste wie üblich auf einmal hinaus. Die Frau in dem dunkelblauen Kostüm stand ge-

beugt über ihrem Platz und starrte abwechselnd nach vorne, wo jeden Moment die Tür aufgehen musste, und zu Britta, die das sehr irritierend fand. Was wollte die Frau von ihr?
Endlich ging die Tür auf, und nach und nach leerte sich das Flugzeug. Britta sagte Goodbye zu den Stewardessen und folgte Helen, die sie zur Passkontrolle brachte. Auch hier lief alles glatt, und Britta stand schließlich neben der blonden Stewardess am Gepäckband und wartete auf ihren Rucksack.

"You don't need to wait with me", sagte Britta. "My aunt is here." Sie deutete nach draußen, Richtung Ankunftshalle.
Helen zögerte. Ungeduldig wiederholte Britta, dass ihre Tante auf sie warten würde. Was würde Chris

sagen, wenn sie in Begleitung einer Stewardess käme? Er würde sie als Baby bezeichnen und ihr vorhalten, dass er einen ganzen Monat älter war als sie.
Endlich schien Helen überzeugt, dass ihr nichts mehr passieren konnte.
"Are you sure you can **manage on your own**?"
"Yes, I'm sure", sagte Britta.
"Okay, **take care** and **have a nice stay** in London."
"Thank you, Helen", sagte Britta und reichte der Stewardess die Hand. Uff, das war geschafft.
Sie wandte sich dem Gepäckband zu, auf dem Koffer, Taschen und eine riesige Kiste lagen und ihre Kreise drehten; nur ihr Rucksack war nicht dabei. Das konnte doch nicht wahr sein. Plötzlich entstand hinter ihr ein Tumult.
"My **briefcase**. **Someone**'s stolen my briefcase", rief die Frau im blauen Kostüm laut. "Police, police!" Ihre Stimme klang hysterisch. Sofort kamen zwei Angestellte des Flughafens angerannt und redeten beschwichtigend auf die Frau ein, die immer wieder denselben Satz wiederholte: "Someone's stolen my briefcase. Do something, **for Christ's sake**!"

---

manage on your own allein zurechtkommen
briefcase Aktentasche
someone jemand
for Christ's sake um Gottes willen
take care pass auf dich auf
have a nice stay (hab) einen schönen Aufenthalt/viel Spaß

Britta hielt mit einem Auge Ausschau nach ihrem Gepäck, aber das Förderband hatte plötzlich angehalten. Frustriert suchte Britta die Koffer und Taschen ab, aber ihr Rucksack war nicht dabei. Hoffentlich machte sich Tante Anja keine Sorgen.
"It's blue, dark blue", sagte die Frau.
Passend zum Kostüm, dachte Britta.
"It's **pure leather** and there are very **important** documents in it. I need it **back at once**", kreischte die Frau.
Mit einem Ächzen und Stöhnen rumpelte in diesem Moment das Gepäckband wieder an und beförderte endlich auch Brittas Rucksack zutage. Sie schnallte sich ihn auf den Rücken, schulterte ihre Tasche und drehte sich noch einmal um, um nachzusehen, ob die Frau in dem blauen Kostüm ihr Gepäckstück inzwischen bekommen hatte. Anscheinend war das nicht der Fall. Immer noch heftig gestikulierend redete die Frau auf die beiden Flughafenangestellten ein.
"Seltsam", brummte Britta und lief schulterzuckend Richtung Ausgang. Erwartungsvoll betrat sie die Ankunftshalle und schaute sich um. Von Tante Anja war nichts zu sehen.

---

pure leather reines Leder
important wichtige
back zurück
at once sofort

Trip mit der *Tube*

Britta suchte in den Gesichtern der Wartenden, konnte aber niemand Vertrautes erkennen. Na, vermutlich hatte ihre Tante sich verspätet, sie wollte ja mit dem Wagen kommen. Dabei hatte Britta nur ihren großen Rucksack mitgenommen, damit sie nicht so viel Gepäck herumschleppen musste.
Um nicht im Weg herumzustehen, ging Britta zu einer Bank und setzte sich. Sie zog ihr Handy aus der Tasche und schaltete es ein. Welcome to British Telecom, leuchtete es auf dem Display auf.
Schönes Willkommen, dachte Britta. Sie wählte die Nummer ihrer Tante, aber es meldete sich nur der Anrufbeantworter:
"Hi! We're not at home. Please **leave a message after the beep**." Das war Tommys Stimme. Britta grinste beim Gedanken an ihren kleinen Cousin. Wie alt war der jetzt? Acht, neun?
Sie hinterließ keine Nachricht. Sie waren ja offensichtlich unterwegs. Eine Zeitlang beschäftigte Britta sich mit den Spielen auf ihrem Handy, dann versuchte sie, aus dem Kauderwelsch des Flughafens etwas herauszuhören, doch außer Flugnummern und dem

---

Tube *Bezeichnung für die Londoner U-Bahn*
leave a message after the beep hinterlassen Sie eine Nachricht nach dem Signalton

drängenden "last and final call" konnte sie kaum etwas verstehen.
Wieder wählte sie die Nummer der Blakes, wieder meldete sich Tommys Stimme.
"Hallo, hier ist Britta. Ich warte in Heathrow."
Es war eine dumme Nachricht, aber ihr war nichts Besseres eingefallen. Nach einer Stunde Warten hatte sie die Nase voll.
Sie war schon einige Male mit ihrem Vater in London gewesen und wusste deshalb, dass sie mit der U-Bahn, die hier Tube hieß, direkt zu Tante Anjas Haus fahren konnte. Britta schulterte den Rucksack, hängte ihre Tasche um und suchte nach dem Weg zur U-Bahn. Sie fand ein Schild mit den Zeichen für Taxis, Busse und auch die Tube und folgte ihm. Sie lief in einem Strom von Menschen, die Koffer hinter sich herzogen, Taschen über die Schulter gewuchtet hatten oder mit roten Rosen in der einen Hand und dem Partner an der anderen durch die Gänge wuselten.
Endlich kam die Abzweigung zur Tube. Britta wollte den anderen Reisenden folgen, aber sie hatte kein Ticket. Der Kontrolleur an der Rolltreppe sah zwar nett aus, aber er würde sie vermutlich nicht schwarzfahren lassen. Britta sah sich um. Es gab sicher einen Automaten, an dem sie das Ticket lösen konnte. Geld hatte sie ja zum Glück.
Es waren auch Automaten da, aber entweder standen lange Schlangen davor oder aber sie waren defekt.

Britta suchte weiter und entdeckte zwei Schalter. In einem saß eine ältere Frau, im anderen ein junger Schwarzer. Britta stellte sich bei der Frau an, doch der Mann, der vor ihr in der Schlange stand, sagte etwas zu ihr und deutete auf den anderen Schalter.
"Excuse me, I don't understand", sagte Britta.
"End of the **line**", wiederholte der Mann. "The **counter** is closing."
Britta verstand und stellte sich an der anderen Schlange an. "Thank you", sagte sie zu dem Mann und lächelte.
Während sie darauf wartete, dass sie endlich an die Reihe kam, übte sie leise den Satz, den sie sagen würde: "I want to go to Earl's Court, please." Das war doch gar nicht so schwer. Sie bläute sich ein, das *please* nicht zu vergessen.
Die Frau vor ihr hatte offensichtlich ein Problem, das auch der Mann am Schalter nicht so leicht lösen konnte. Sie diskutierten nun schon seit fast zehn Minuten herum. Die Leute hinter Britta begannen zu schimpfen. Um nicht ihren Satz zu vergessen, versuchte Britta nicht hinzuhören, aber das eine oder andere Schimpfwort kam ihr doch bekannt vor.
"Next please", rief da der Fahrkartenverkäufer, und ihr Hintermann stupste Britta unsanft an.

---

line Schlange
counter Schalter

"Sorry", murmelte sie und schob ihren Rucksack mit dem Fuß weiter. Der Mann am Schalter trug ein Namensschild, das ihn als Edwin auswies.
"Excuse me, I want to go to Earl's Court, please", sagte sie ihren Spruch auf. Uff, das war geschafft. Dummerweise schien Edwin sie jedoch nicht zu verstehen. Er überschüttete sie mit einem Schwall Englisch, von dem Britta kein Wort verstand.
"Excuse me", stotterte sie. "I don't understand."
"I'm sorry", sagte der Schwarze da langsam und deutlich. "Do you want a **single or return ticket**?"
Single oder return? Was sollte das nur bedeuten? Single hieß alleine.
"Yes, I am single", sagte Britta also.
"Yes, I can see that", sagte Edwin geduldig. "Do you **just** want to go to Earl's Court or do you want to come back to the airport today?"
Ach, das hatte er gemeint. Endlich ging Britta ein Licht auf. Sie schüttelte den Kopf und sagte: "No, I only want to go to Earl's Court. I'll fly back later."
"Okay", meinte der Schwarze zufrieden und fragte: "How old are you?"
"I'm twelve years old", sagte Britta stolz. Das war jetzt zum Glück einfacher.

---

single or return ticket einfache Fahrt oder hin und zurück
just nur

"Okay." Edwin tippte etwas in seinen Computer, und mit einem leisen Ping spuckte ein Drucker das Ticket aus. "That's one pound fifty."
Britta zog das Geld aus ihrem Brustbeutel, steckte es durch den Schlitz und erhielt im Gegenzug ihr Ticket und das Wechselgeld.
"Thank you very much", sagte sie zum Abschied.
"You're welcome, Miss", erwiderte er und rief dann: "Next please."

Endlich saß sie in der Tube. Sie steckte das Ticket in die Hosentasche, schob den Rucksack unter den Sitz und hielt ihre Umhängetasche mit beiden Händen fest. Bisher war ja alles bestens gelaufen – wenn man mal davon absah, dass Tante Anja nicht wie vereinbart auf sie gewartet hatte.
Verdammt. Vermutlich stand sie jetzt in der Ankunftshalle und suchte sie. Britta schoss hoch, zerrte ihren Rucksack unter dem Sitz hervor und stürmte zur Tür, die genau in diesem Moment unter lautem Hupen schloss. Mist! Britta setzte sich wieder und versuchte sich zu beruhigen. Sie hätte doch noch länger warten sollen. Oder noch mal anrufen. Aber das konnte sie ja jetzt auch noch machen. Sie zog ihr Handy heraus, und tatsächlich, es schien zu funktionieren. Was für ein Gegensatz zur Münchner U-Bahn. Sie wählte die Nummer der Blakes, doch wieder ertönte nur Tommys mittlerweile vertraute Stimme.

“Hi, hier ist Britta. Ich sitze gerade in der Tube und komme zu euch. Macht euch keine Sorgen, okay?”

Die Fahrt dauerte zirka eine Dreiviertelstunde, das wusste Britta noch vom letzten Mal. Sie konnte es sich also gemütlich machen. In Gedanken spielte sie noch einmal die Szene am Ticketschalter durch. Ja, sie hatte alles richtig gemacht. Der Fahrkartenverkäufer hatte sie verstanden, sie hatte ihn verstanden, es war doch eigentlich alles ganz einfach gewesen. Man musste nur mal den Mut aufbringen und den Leuten sagen, dass sie etwas langsamer reden sollten, dann war das alles kein Problem. Britta konnte sich ein stolzes Grinsen nicht verkneifen. Sie sah ihr Spiegelbild im Fenster und grinste noch mehr. Britta Schaub, zwölf Jahre, allein in London.

Nach zehn Minuten wurde ihr langweilig. Blöderweise hatte sie die Cosmopolitan im Flieger liegen lassen. Sie schaute sich ihre Mitreisenden an. Das Gesicht einer Frau kam ihr bekannt vor. War das nicht ...? Ja, natürlich, das war die Frau aus der Business Class, die sich immer so nervös umgeschaut hatte. Manche Menschen traf man immer wieder.

Britta packte die Neugier; sie nahm ihren Rucksack und ihre Tasche und zog auf einen anderen Platz um, wo sie die Frau besser im Blick hatte. Sie schien jetzt gar nicht mehr nervös zu sein, im Gegenteil. Ein äußerst zufriedener Ausdruck lag auf ihrem Ge-

sicht. Wie sagte ihre Oma immer? Wie die Katze, die die Maus gefressen hat.
Britta verlor das Interesse an der Geschäftsfrau und sah sich weiter um. Es waren zumeist Männer in teuer aussehenden Anzügen und feinen Krawatten unterwegs, wohl all die Geschäftsleute, die mit dem ersten Flug nach London kommen, um jemanden zu treffen. Britta kannte das von ihrem Vater. Der nahm nach Möglichkeit auch immer die erste Maschine, wenn er irgendwohin musste, damit er am Abend wieder bei ihr zu Hause war. Zum Glück verreiste ihr Vater nicht so häufig, höchstens einmal im Monat. Aber dass er ausgerechnet jetzt nach Barcelona musste, ärgerte sie doch. Sie hatte sich so auf London mit ihm gefreut. Was hatte er nicht alles mit ihr machen wollen: Madame Tussaud's, den Tower, das berühmte Riesenrad, die ...
"The next stop is Earl's Court", schnarrte eine blecherne Stimme.
Oops, da hätte sie ja beinahe ihre Haltestelle verpasst. Britta packte ihre Sachen zusammen und schulterte den Rucksack. Die Frau im dunkelblauen Kostüm war ebenfalls aufgestanden und zog einen dünnen beigen Mantel über. Sie hatte nur einen kleinen Trolley dabei und ... Britta stutzte. Das war ja die vermisste Aktentasche. Dunkelblau, ganz eindeutig. Hatte sie sie also doch wieder bekommen. Und deshalb war sie jetzt auch so ruhig.

Britta fand das alles ziemlich seltsam. Sie konnte sich daran erinnern, wie ihrer Mutter nach einem gemeinsamen Spanienurlaub ein Koffer verloren gegangen war. Es hatte mindestens drei Stunden gedauert, bis am Münchner Flughafen alle Formulare ausgefüllt waren. Gut, sie selbst hatte etwa eine Stunde auf Tante Anja gewartet, noch einmal fünfzehn Minuten für den Kauf des Tickets, machte gerade mal eineinhalb Stunden, wenn man großzügig aufrundete. Waren die englischen Behörden schneller als die deutschen? Es war nicht auszuschließen, aber es war doch ziemlich unwahrscheinlich. Behörden waren überall auf der Welt langsam, das sagten alle Erwachsenen.

Die Tube fuhr in Earl's Court ein. Britta stieg aus und suchte den richtigen Ausgang. Die Frau mit der Aktentasche marschierte zielstrebig auf ein Exit-Schild zu. Einem Impuls folgend ging Britta ihr nach.

Die Frau mit der Aktentasche

Die Frau hatte es leicht: Sie zog ihren Trolley einfach hinter sich her. Zwar machte sie ziemlich viel Lärm damit, aber immerhin musste sie ihr Gepäck nicht schleppen. Britta trug ihren Rucksack zwar auf dem Rücken, aber allmählich wurde er doch schwer. Schließlich hatte sie Sachen für fast zwei Wochen eingepackt.

Die Frau schaute weder links noch rechts, sondern lief zielstrebig auf ihr Ziel zu. Sie befanden sich noch in der Earl's Court Road, Britta erkannte sie von früher. Die Verfolgung war einfach, auf den Straßen herrschte viel Betrieb. *Delivery for Grocers*, stand auf einem Lieferwagen. Der belieferte Lebensmittelhändler. Der Supermarkt hatte inzwischen einen neuen Namen bekommen, hieß jetzt ***Twenty-Four-Seven*** und hatte offensichtlich rund um die Uhr geöffnet. Das war in München undenkbar.

Britta suchte nach ihrem Lieblingsladen, einem winzigen Geschäft, das man auf den ersten Blick gar nicht fand. Tatsächlich, *The Whole Caboodle* schien noch zu existieren, wenn es auch ziemlich verrammelt aussah. Tante Anja hatte ihr den Namen mit

---

Twenty-Four-Seven *Name deutet darauf hin, dass der Supermarkt vierundzwanzig (twenty-four) Stunden am Tag und sieben (seven) Tage in der Woche geöffnet hat*

"Der ganze Kram" übersetzt. Und es war ja auch so passend: Es gab Secondhandklamotten, alten und neuen Schmuck, alte Bücher, ein paar Antiquitäten, die sicher nichts wert waren, und jede Menge Krimskrams, den kein Mensch brauchte.
Mit einem kurzen Blick auf ihr Verfolgungsopfer wagte Britta einen Abstecher zu dem Laden.

Opening hours: 11 **a.m.** to 11 **p.m. daily**
Sorry, we're closed!

stand auf einem handgeschriebenen Zettel. Ein schneller Blick durchs Schaufenster – ja, es herrschte immer noch dieses wunderbare Chaos, in dem man so herrlich wühlen konnte.

Britta riss sich los und konzentrierte sich auf ihre eigentliche Aufgabe. Aber zu ihrem großen Schrecken musste sie feststellen, dass die Frau weg war. Das gab's doch nicht! Britta rannte los. Doch sosehr sie sich auch umschaute, die Frau blieb verschwunden.
"**Shit**", sagte sie und musste grinsen. Frau Schuster, ihre Englischlehrerin, hätte jetzt gesagt: "Typisch. Die Schimpfwörter lernt ihr am schnellsten."
"May I help you?", sagte eine ältere Dame da zu Britta.

---

a.m. *(aus dem Lateinischen: ante meridiem)* vormittags
p.m. *(aus dem Lateinischen: post meridiem)* nachmittags
daily täglich
shit Scheiße

"Was?" Britta starrte die Frau an. "Oh, excuse me. No, you can't help me", stotterte sie. Doch dann kam ihr eine Idee. "Ähm, excuse me, maybe you *can* help me. I've lost my mother."
"Oh dear, poor girl", sagte die ältere Dame mitfühlend. "Where did you lose her?"
Britta entschied sich für die Wahrheit. Sie zeigte über die Straße zu *The Whole Caboodle* und sagte: "I went to look at the shop."
"**I see**. Do you live here?", fragte sie.
Wieder hielt Britta sich an die Wahrheit.
"No, we've come to **visit** my aunt."
"Do you know where she lives?"
Britta wollte die wirkliche Adresse von Tante Anja nicht sagen, wer weiß, was das für Konsequenzen hatte. Sie schüttelte vorsichtshalber den Kopf und hoffte, dass das glaubwürdig war. Aber die alte Dame schien keine Zweifel daran zu haben.
"**That's a pity**", sagte sie und überlegte. "We could go to the police", schlug sie vor und jagte Britta damit einen Riesenschrecken ein. Oh nein, nur keine Polizei. Dann würde ihre Schwindelei ja sofort auffliegen. Sie musste sich etwas einfallen lassen. Nur, was?
Der Zufall kam ihr zu Hilfe. Als sie nach einer Lö-

I see *hier:* ich verstehe
visit besuchen
That's a pity. Wie schade.

sung suchend die Earl's Court Road entlang starrte, sah sie die Frau aus einem Laden herauskommen.
"Uhm, I don't know the address but I *do* know how to get there", sagte Britta. "I've been there often and I know the way. I'll find my mother there."
Doch die alte Dame schien nicht überzeugt zu sein.
"I'll come with you and **make sure you're safe**", sagte sie.
"Oh no, that's not necessary", beeilte Britta sich zu sagen. "I can go **alone**." Die Frau war schon wieder in der Menge verschwunden. "**I must hurry**. **Maybe** my mother is **already** there." Sie wandte sich zum Gehen, fand dann aber, dass das wohl etwas unhöflich war. "Thank you very much", sagte sie deshalb noch und: "It was nice of you to help me."
"You're welcome. **I hope you won't get lost** again", sagte die Frau und reichte Britta die Hand.
Britta hetzte die Straße entlang und fand zu ihrer großen Erleichterung die Frau aus der U-Bahn wieder. Eigentlich bin ich doch bescheuert, dachte sie. Wieso ist es denn so wichtig, dass ich dieser Frau nachlaufe? Sie hat mir doch nichts getan. Aber sie

---

make sure you're safe passe auf, dass dir nichts passiert
alone allein
I must hurry. Ich muss mich beeilen.
maybe vielleicht
already schon
I hope you won't get lost Ich hoffe, du verläufst dich nicht

hatte einfach das Gefühl, dass mit der Frau etwas nicht stimmte.
Sie liefen noch ein paar hundert Meter auf der Earl's Court Road weiter, bevor sie in eine ruhigere Seitenstraße abbogen. Britta hielt jetzt mehr Abstand, damit nicht auffiel, dass sie denselben Weg nahm. Doch die Frau schien die Welt um sich herum gar nicht wahrzunehmen. Vor einem Backsteinhaus machte sie schließlich halt. Britta stellte sich in eine Haustür und beobachtete alles genau. Doch die Frau sperrte einfach die Tür auf und verschwand im Haus.
Britta wartete vorsichtshalber ein paar Minuten, aber es rührte sich nichts mehr. Sie verließ ihr Versteck und lief hinüber. Im Erdgeschoss waren riesige Fenster mit kompakten Gitterstäben davor. Darüber schienen jedoch normale Wohnungen zu sein. Aus dem Haus kam ein brummendes und rhythmisches Geräusch, das Britta bekannt vorkam. Sie suchte nach einem Hinweis und fand ihn rechts neben der Eingangstür:

Potter & Sons, Ltd
Printers

Natürlich, das waren Druckmaschinen. Britta zog ihren Schülerkalender aus ihrer Umhängetasche und notierte sich die Adresse und die Namen, die auf den Klingelschildern standen. Dann machte sie sich auf den Weg zu Tante Anjas Haus.
Britta musste den ganzen Weg zur U-Bahn-Station

zurücklaufen, da ihre Tante auf der anderen Seite wohnte. Der Rucksack wog mittlerweile Tonnen, aber sie hatte ja unbedingt Detektiv spielen wollen. Endlich stand sie an der Haustür und klingelte. Für den Bruchteil einer Sekunde hatte Britta die Vision, dass ihre Tante mit der ganzen Familie weggefahren war und vergessen hatte, dass sie kommen sollte. Doch dann ertönte der vertraute Summton und erleichtert stieß Britta die schwere Tür auf. Schon im Erdgeschoss hörte sie den Tumult aus der Blake'schen Wohnung. Was war denn da los?
Sie stieg die Stufen hinauf in die dritte Etage, schob die Tür auf und rief: "Hallo? Ist wer zu Hause? Anybody home?"
Tanta Anja kam mit rotem Gesicht aus der Küche.
"Oh, Britta, my dear, you're here." Sie zog Britta an sich. "I'm so sorry." Britta bekam fast keine Luft, so sehr drückte ihre Tante sie. Sie strampelte sich frei.
"Sorry", rief Tante Anja. Dann schlug sie sich mit der Hand an die Stirn. "Ach, ich Dummerchen, du verstehst ja kein Englisch."
Britta widersprach nicht. Ihr war klar, dass ihre Tante das im Moment sowieso nicht kapieren würde.
"Hallo, Tante Anja", sagte sie stattdessen. "Was ist denn hier los?"
Ihre Tante wurde wieder ganz hektisch. "Ach, große Katastrophe. Tommy hat sich den Fuß verstaucht."

Chaos bei den Blakes

Britta war so früh zu Hause aufgebrochen, dass sie außer dem Sandwich im Flieger noch nichts gegessen hatte. Sie genoss deshalb die frischen Croissants und den heißen Kakao, den ihre Tante ihr hinstellte, während sie mit halbem Ohr dem Geschnatter der Blake'schen Familie zuhörte.

"I don't want cocoa, I want coffee." Tommy gefiel sich in der Rolle des kranken Kindes. Die Schmerzen in seinem Knöchel waren bestimmt nicht so schlimm, wie er behauptete, da war Britta sich sicher.

"You are **such a** baby." Chris schien das auch zu denken.

"Boys, **calm down**, please. I want to read the **newspaper**." Onkel Jonathans Bass brachte für ein paar Minuten Ruhe, doch dann begann es von vorne:

"I hate marmalade. I want some strawberry jam." Chris äffte seinen kleinen Bruder nach und bekam dafür einen Rippenstoß von ihm. Bevor jedoch eine Keilerei beginnen konnte, schritt ihr Vater ein: "Christopher, Thomas, go to your rooms immediately. **If you don't behave,** you won't get any breakfast."

---

such a so ein
calm down beruhigt euch
newspaper Zeitung
if you don't behave wenn ihr euch nicht benehmt

Die beiden Jungs verließen ohne Widerrede die Küche, Tommy streckte Britta aber hinter dem Rücken seines Vaters noch schnell die Zunge raus. Britta grinste. Was für ein Kindskopf.
"I'm sorry, Britta. Sometimes they're so **nasty**", sagte Onkel Jonathan.
"It's okay", erwiderte Britta. Und es war auch in Ordnung, war es doch mal eine Abwechslung zum eher schweigsamen Frühstück mit ihrem Vater. Er las auch die Zeitung und wollte nicht dabei gestört werden. Probleme wurden nur abends besprochen, was aber auch seine Vorteile hatte. Man nahm sie nicht mit ins Bett. Vorausgesetzt, Paps hatte Zeit.

Britta seufzte.
"Geht's dir nicht gut?", fragte Tante Anja besorgt.
"Oh nein, nein, mir geht's bestens", sagte Britta. "Ich dachte nur grad, es wäre schön, wenn Paps auch mitgekommen wäre."
"Ja, das wäre sehr schön gewesen", stimmte ihre Tante zu und begann den Tisch abzuräumen.
"Honey, **are you finished**?", fragte sie ihren Mann, der nur nickte und mit der Zeitung in der Hand verschwand.
"Du hast wenigstens nur einen Mann im Haus, ich habe gleich drei", lachte Tante Anja. Sie ließ das

---

nasty frech
are you finished bist du fertig

Geschirr stehen und setzte sich wieder an den Tisch. “Aber jetzt erzähl doch mal, was du alles erlebt hast.” Britta hatte nach ihrer Ankunft schon kurz berichtet, wie sie den Weg zum Blake’schen Haus gefunden hatte. Jetzt erzählte sie ihrer Tante ausführlicher. Die Frau mit der Tasche und deren Verfolgung ließ sie allerdings weg. Das kam ihr jetzt doch ziemlich kindisch vor.

“Ich bin stolz auf dich”, sagte Tante Anja und drückte ihr einen Kuss auf die Stirn. “Ich bin nicht sicher, ob Chris und Tommy das geschafft hätten. Die hätten vermutlich heulend in Heathrow gestanden.”

“Na ja, das sind ja auch Jungs”, meinte Britta grinsend.

"Da hast du natürlich recht. Männer sind einfach nicht so flexibel wie wir", stimmte Tante Anja lachend zu. "Das wirst du gleich sehen, wenn ich Chris und Tommy klarmache, dass sie sich für die nächsten zwei Wochen ein Zimmer teilen müssen."
Tatsächlich ertönte kurz nachdem Tante Anja die Küche verlassen hatte, Tommys quengelnde Stimme.
"I've hurt my leg, I need my **own** room."
"**She'll be snooping around**", warf Chris ein.
"Don't be so childish. You knew that Britta was coming and that you'd have to **share** a room. Chris, bring your **stuff** here immediately and **stop complaining**. Tommy, **stop acting like a baby**, it won't help."

Sie werden mich hassen, dachte Britta, aber sie kannte das Spiel bereits von den letzten Besuchen. Allerdings waren sie da alle noch viel kleiner und ein eigenes Zimmer noch nicht so wichtig gewesen. Sie nippte an ihrem Kakao, der inzwischen kalt geworden war. Als Chris in die Küche kam, machte sie sich auf schlechte Laune gefasst, aber er sagte freundlich zu ihr: "Dein Zimmer ist fertig. Entschuldige bitte, dass es so lange gedauert hat."

---

own eigenes
She'll be snooping around. Sie wird herumschnüffeln.
share teilen
stuff Zeug
stop complaining hör auf, dich zu beschweren
stop acting like a baby hör auf, dich wie ein Baby zu benehmen

Aus einer spontanen Eingebung heraus antwortete Britta: “Oh, that’s okay. I enjoyed my breakfast.”
Chris starrte sie unsicher an.
“Was ist?”, fragte Britta.
“Seit ... since when ... seit wann kannst du Englisch?” Chris war richtig perplex.
Britta lachte. “Können ist übertrieben. Ich lerne es ja erst seit drei Jahren. Aber ich finde, ich habe mich bis hierher ganz gut durchgemogelt, und jetzt dachte ich, wir könnten vielleicht Englisch miteinander reden ... Was meinst du? What do you think?”
Chris schien nicht so schnell umschalten zu können, obwohl er doch zweisprachig aufgewachsen war.
“Ich denke, uhm, I think it’s a great idea.” Er schenkte seiner Cousine einen bewundernden Blick.
“But you must **correct** me when I’m wrong, okay?”, forderte Britta.
“Okay, I’ll correct you **as much as possible**”, erwiderte Chris grinsend. Dann sagte er vollkommen überraschend: “Welcome to London. I’m sorry for the nasty scene earlier.”
Britta nahm die Entschuldigung an. “That’s okay.” Dann lachte sie plötzlich und meinte: “Mehr als that’s okay scheine ich nicht sagen zu können. Tolles Englisch.”

---

correct korrigieren
as much as possible so viel wie möglich

Sie gingen zusammen in Chris' Zimmer, wo Britta ihren Rucksack auspackte. Ganz oben hatte sie die Geschenke für ihre beiden Cousins gepackt, damit sie sie sofort überreichen konnte. Für Chris hatte sie den Modellbausatz einer Fokker DR-I gekauft, für Tommy, den Fußballfan, einen Schal vom FC Bayern. Ihr kleiner Cousin war zwar glühender Manchester-United-Anhänger, aber es konnte ja nicht schaden, auch die Ausstattung der Konkurrenz zu besitzen. Er murmelte aber nur ein knurriges *Thank you*, denn er war immer noch gekränkt, dass er seinen großen Bruder so lange am Hals hatte.

"**Don't worry** about him", meinte Chris obenhin. "Sometimes he's **unbearable**."

"I am not!", gab Tommy wütend zurück und knallte seine Zimmertür zu.

"I'm sorry to **take away** your room", sagte Britta zerknirscht.

"Don't worry. He'll be fine by tonight."

Tatsächlich hatte Tommy sich schon bis Mittag beruhigt. Britta hatte mit ihrem Vater telefoniert, der wie versprochen gleich nach seiner Ankunft in Barcelona anrief, und dann zwei Stunden geschlafen. Später ging sie mit Tante Anja einkaufen. Sie stellte

---

don't worry mach dir keine Sorgen
unbearable unerträglich
take away wegnehmen

fest, dass es schwer war, mit ihr Englisch zu reden. Immer wieder fiel sie ins Deutsche zurück.

"Warum ist das so?", wollte sie wissen.

Anja zuckte mit den Schultern. "Keine Ahnung. Mir geht es aber genauso. Ich spreche mit Jonathan immer nur Englisch, obwohl er ja mittlerweile sehr gut Deutsch kann. Man ist wohl zu sehr an eine Variante gewohnt."

Das war einleuchtend. Im Gegensatz zu ihrer Tante, die sie immer mal wieder in München besucht hatte, hatte Britta ihre beiden Cousins noch nicht so oft gesehen. Da war es dann einfacher, eine andere Sprache zu sprechen.

Aber beim Abendessen, als alle zusammen saßen, war es leicht, nur Englisch zu reden. Britta hatte ihren Wunsch noch einmal vor versammelter Runde geäußert, und alle fanden das eine gute Idee.

"I'm **more than** happy about it", sagte Onkel Jonathan und wischte sich imaginären Schweiß von der Stirn. "Now I don't have to **figure out** if it's der, die or das."

Alle lachten, und es wurde ein gemütlicher Abend.

more than mehr als
figure out herausfinden

Detektivspiel

Am nächsten Morgen erwachte Britta voller Tatendrang. Als sie in die Küche kam, war ihr Onkel schon außer Haus, ihre beiden Cousins saßen vor dem Computer und spielten irgendein Ballerspiel und ihre Tante bügelte. Sie gab Anja einen Kuss und setzte sich an den Frühstückstisch.

"Guten Morgen", sagte ihre Tante. "Oh, sorry, I **mean**: Good morning!"

"Good morning", erwiderte Britta.

"What do you want to do today?"

"I don't know. Maybe just **take a stroll.**"

Sie wollte unbedingt Chris von der geheimnisvollen Frau erzählen. Jetzt, nach einmal drüber schlafen, kam ihr das Ganze nur wie ein Traum vor. Aber sie hatte gleich nach dem Aufwachen in ihrer Tasche gewühlt und den Zettel mit der Adresse gefunden; sie war der Frau also tatsächlich nachgelaufen. Ihr Cousin kam gerade herein.

"Any idea what you'd like to **show** Britta?", fragte ihn seine Mutter.

Chris gähnte herzhaft und setzte sich an den Frühstückstisch.

---

mean meinen
take a stroll spazieren gehen
show zeigen

"I could show her the **neighbourhood**, and then we can go to the **Natural History Museum**."
Seine Mutter schüttelte tadelnd den Kopf.
"Sometimes you're so **selfish**. Maybe Britta isn't interested in the museum."
"Well, I can always ask her, can't I?", gab Chris zurück. "Can I have my breakfast now?"
Britta hatte nicht alles verstanden und fragte jetzt: "**What's wrong**?"
Aber Chris mampfte seine Cornflakes und verzog nur das Gesicht, während ihre Tante sich mit der Spülmaschine beschäftigte. Britta leerte ihre Tasse und verließ vorsichtshalber die Küche. Sie wollte sich nicht einmischen. Nach dem Zähneputzen räumte sie ihren Rucksack weiter aus; am Tag vorher hatte sie nur das Notwendigste herausgezogen.
Chris kam in ihr Zimmer, das ja eigentlich seines war, und setzte sich auf das Bett.
"What's wrong?", versuchte Britta es erneut.
Chris machte ein undefinierbares Geräusch, sagte dann aber: "Sometimes **my mother is such a nuisance**."

---

neighbourhood Nachbarschaft, *hier auch:* Gegend
Natural History Museum Naturkundemuseum
selfish egoistisch
What's wrong? Stimmt etwas nicht?
my mother is such a nuisance meine Mutter geht mir so auf die Nerven

Britta kannte das Wort nicht, konnte sich aber denken, dass es nichts Nettes war. Sie erwiderte nichts. Sie wäre froh gewesen, wenn sie sich ab und zu mit ihrer Mutter hätte streiten können, aber die hatte jetzt eine neue Familie, da war kein Platz mehr für Britta.
"... Museum?"
"What?" Britta schreckte hoch. Sie war wohl in Gedanken gewesen.
"You don't say what, when you want someone to **repeat** something", sagte Chris belehrend. "You say it **more politely**: **Pardon me**?" Er spreizte geziert die Finger. Britta kicherte.
"Pardon me?", wiederholte sie und äffte Chris' Ton nach.
"That's it", bestätigte er. "Now, shall we go to the Natural History Museum?"
"What ... was kann man da sehen?", fragte Britta auf Deutsch, weil ihr der englische Satzbau zu kompliziert vorkam.
"There's a **special exhibition** about the T. Rex, you know, the dinosaur, and there's also what they call **a wildlife garden**. It's really very interesting", versuchte ihr Cousin sie zu überzeugen.

---

repeat wiederholen
more politely höflicher
Pardon me. Entschuldigung.
special exhibition Sonderausstellung
a wildlife garden ein Wildpark

"I **wanna** go with you", erklang eine weinerliche Stimme in der Tür. Tommy stand da im Schlafanzug und einem Verband um den rechten Knöchel.
"Tommy, you can't come with us", sagte Chris. "You've hurt your leg and **you need to rest**. **Remember** what the doctor told you yesterday."
"I'm okay. There's nothing wrong with my foot", antwortete Tommy und stampfte wie zum Beweis auf. Das Gesicht, das er gleich darauf zog, strafte ihn Lügen.
"Tommy, don't be **stupid**. You can't come with us."
"We can wait with the museum **until** your foot is okay", warf Britta ein. "It's my first day and I'd like to stroll around **a bit**. – I can go **by myself**", fügte sie mit einem Seitenblick auf Chris hinzu.
"No, no, that's okay", beeilte der sich zu sagen, aber sein Gesicht sprach Bände. Britta grinste in sich hinein.
Tommy schien nicht überzeugt. "**You promise**?"
"I promise", sagte Britta und legte ihre Hand aufs

---

wanna *Kurzform von* want to
you need to rest du musst dich ausruhen
remember erinnere dich
stupid dumm
until bis
a bit ein bisschen
by myself alleine
You promise? Versprochen?

Herz. “Großes Indianerehrenwort, was immer das auf Englisch heißt.”

Tommy trollte sich davon.

“Du willst aber nicht shoppen gehen, oder?”, fragte Chris mit leichter Panik in der Stimme.

“No, I don’t want to go shopping”, erwiderte Britta lachend. “But **before** we go, I want to tell you something.”

Sie schloss die Zimmertür, damit Tommy nicht doch etwas mitbekam und ihnen womöglich heimlich folgte. Dann erzählte sie ihrem Cousin von der Frau mit der blauen Aktentasche.

“Maybe I’m seeing something where there’s nothing”, sagte sie. “But I think it’s **strange** that she lost her briefcase and then got it back so fast.”

Entgegen ihrer Befürchtung schien auch Chris das Verhalten der Frau seltsam zu finden.

“You **mentioned** a print shop somewhere **around here**.”

“Yes. It’s in the house where the woman **disappeared**. It’s on the **ground floor**. There are six names, but of course I don’t know her name.”

---

before bevor
strange seltsam, merkwürdig
mentioned hast … erwähnt
around here hier in der Nähe
disappeared verschwand
ground floor Erdgeschoss

"Let's go to this house and have a look at it. Let's play detective. I can show you the neighbourhood before we watch the house."
"That's a good idea", stimmte Britta zu, insgeheim erleichtert, dass Chris das Ganze wohl auch sehr eigenartig fand.
Sie zogen ihre Jacken und Schuhe an, was bei Tommy eine Tränenflut auslöste. Erst als Tante Anja ihm ein Eis zum Nachtisch versprach, versiegte der Strom. Britta versprach ihm noch einmal, mit dem Besuch des Museums zu warten, bis sein Fuß wieder in Ordnung war.
Sie liefen zu dem Haus, in dem die Frau am Tag zuvor verschwunden war. Chris sah sich das Klingelschild genau an, konnte aber nichts entdecken, was irgendwie Aufschluss gegeben hätte.
Aus der Druckerei ertönten rhythmische Geräusche.
"**The same sound** as yesterday", sagte Britta leise, als hätte sie Angst, jemand könnte sie hören.
"Well, that's normal for a print shop. They print there", erklärte Chris grinsend.
"Ha, ha, very funny", sagte Britta und gab ihrem Cousin einen Stoß. "And now what?"
Chris zuckte die Achseln. "I have no idea. It's *your* mysterious **lady**."

---

the same sound dasselbe Geräusch
lady Dame

"She's not *my* lady", erwiderte Britta wütend. "And maybe there's nothing mysterious about her. It's stupid **to be doing this**", sagte sie und wandte sich ab. "Let's go."

Sie liefen die Straße zurück und beratschlagten, was sie tun könnten. Chris schlug das Victoria-and-Albert-Museum vor, aber Britta hatte keine Lust.

"Do you know this little shop, *The Whole Caboodle*?" Britta sah Chris beim Wort "shop" zusammenzucken. "It's fun", versuchte sie es erneut. "You'll see, it's lots of fun. It's a fun shop", wiederholte sie in Ermangelung anderer Vokabeln. Manchmal war es, als habe sie einen Knoten in der Zunge oder im Gehirn.

Sie standen an der Kreuzung und warteten auf das Go-Signal, als Chris plötzlich sagte: "A woman is coming out of the house. She looks **like the one you described to me**."

Britta drehte sich um und sah gerade noch, wie die Frau aus dem Flugzeug hinter der nächsten Ecke verschwand.

"That's her", rief sie aufgeregt. "**Let's follow her**."

Sie sprinteten los.

---

to be doing this das zu machen
like the one you described to me wie die, die du mir beschrieben hast
Let's follow her. Los, ihr nach.

Auch Spione müssen essen

Die Frau war heute leger gekleidet, in Jeans, Bluse und Turnschuhen. Die Haare trug sie offen und sah damit viel sympathischer aus als im Flugzeug, wo sie ganz die strikte Geschäftsfrau war. Sie schien ein Ziel zu haben, denn sie ging ziemlich schnell. Britta und Chris waren bald außer Atem.

"It's not fair", klagte Chris. "Her legs are much longer than ours."

"Don't be such a baby", sagte Britta verächtlich, musste aber in diesem Moment selbst japsen.

"Who's the baby?", gab Chris feixend zurück.

"Maybe we should stop. It was a stupid idea." Britta hielt an und hielt sich die stechenden Seiten.

"No, let's go. Come on!" Chris zog sie am Ärmel.

Britta ließ sich widerwillig mitziehen. Das war doch eine Schnapsidee, die Frau zu verfolgen. Vermutlich war sie eine stinknormale Geschäftsfrau, die einen Termin in München gehabt hatte. Oder die in München lebte und hier Freunde besuchte. Es gab tausend Erklärungen. Und auch das mit der Tasche war sicher vollkommen harmlos.

"There must be an **explanation** for the briefcase", dachte Britta laut.

---

explanation Erklärung

"What?" Chris blieb abrupt stehen.
"Didn't you tell me saying what is **impolite**?", hänselte Britta ihren Cousin.
"Yeah, yeah, you're right. Pardon me?", sagte er.
"She's **probably** just an **ordinary** business woman who had a meeting in Munich and has come back home. Or she's visiting friends here in London."
Chris starrte sie an.
"Well, *I* wasn't the one to start the story with the mysterious briefcase", sagte er schließlich.
"Yes, I know." Britta kaute an ihrer Unterlippe. "And now what?"
Chris zuckte mit der Schulter. "I don't know. **Whatever** you want. We can **either** follow her and see what **happens**, or leave her alone and have some fun **somewhere else**. But **you should make up your mind** now, or we'll lose her." Er zeigte die Straße entlang, wo die Frau gerade in eine Seitenstraße abbog.
Britta wusste nicht, warum sie gerade diese Entschei-

impolite unhöflich
probably wahrscheinlich
ordinary normal
whatever was auch immer
either entweder
happens passiert
somewhere else woanders
you should make up your mind du solltest dich entscheiden

dung traf, aber sie sagte: “Let’s follow her.” Vielleicht erlebten sie ja unterwegs etwas Spannendes.
Aber vorerst war es langweilig, denn die Frau schien nur einkaufen zu wollen. Sie folgten ihr in einen Supermarkt, beobachteten durch das Schaufenster, wie sie Fleisch und Wurst kaufte und wären beinahe mit ihr zusammengestoßen, als sie den Bäcker verließ. Für einen Moment dachte Britta, sie habe sie erkannt, aber die Frau schaute über sie beide hinweg und beachtete sie nicht.
“**Being a kid** is an advantage”, sagte Chris.
“Advantage?”
“Vorteil.”
Britta nickte. “Oh yes. They don’t see you.”
“Well, they see you, but they don’t notice you. Sie sehen dich, ohne dich zu bemerken.”
“Yes, I understand”, sagte Britta.
Sie folgten der Frau in gebührendem Abstand. Sie ging offensichtlich zurück zu dem Haus mit der Druckerei.
“You see, she was just shopping”, sagte Britta frustriert, als sie dort angelangt waren und die Frau verschwand. “Nothing mysterious **at all**.”
“**You can’t expect her** to do mysterious things all

---

being a kid ein Kind zu sein
at all überhaupt
you can’t expect her du kannst nicht erwarten, dass sie

the time", versuchte Chris zu trösten. "**Even** agents must eat, drink and sleep."
"I know. And what about detectives?" Britta fand deren Leben ziemlich langweilig und eintönig.
"They too", sagte Chris.
"It's **frustrating**. In the books I read, the hero always has an **exciting** life with lots of fun and **adventures**."
"**But that's the whole point of a book**. If it were as boring as real life, you wouldn't read it, would you?" Chris war eindeutig der realistischere.
"And now?", fragte Britta zum wiederholten Male.
"And now we can either wait until she comes out again or do whatever we want", sagte Chris.
"It could be hours before she **appears** again", warf Britta ein.
"Sure, but she could also come out within half an hour or so. Think about it: it's a bright, warm day, she's done the shopping. It's too late for breakfast but too early for lunch. She might want to enjoy the sunshine."

---

even selbst
frustrating frustrierend
exciting aufregend
adventures Abenteuer
But that's the whole point of a book. Aber deswegen liest man doch Bücher.
appears auftaucht

"She might", sagte Britta, immer noch zweifelnd. "But she might also need to clean the house or cook lunch for her man or …"
"Husband", unterbrach Chris sie.
Britta schaute ihn fragend an.
"She cooks for her husband, not her man."
"Ah, okay. So, she cooks for her husband …"
"Okay, let's wait for half an hour. If nothing happens, we'll do **something else**. We can always come back tomorrow."
Sie einigten sich auf die halbe Stunde. Um in der kleinen Straße nicht aufzufallen, spielten sie auf der gegenüberliegenden Seite Himmel und Hölle.
"We should bring a ball tomorrow", schlug Chris vor. "Then **we would be even less noticeable**."
Die halbe Stunde verging, ohne dass sich etwas getan hätte. Die Frau musste offenbar doch kochen oder die Wohnung putzen.
"Maybe she's waiting for a **phone call** to get more information."
Im Gegensatz zu Britta schien Chris das Detektivspielen zu gefallen. Er kam immer wieder mit Ideen daher.
"What do you think? **What kind of** mystery is it?"

---

something else etwas anderes
we would be even less noticeable wir würden noch weniger auffallen
phone call Anruf
what kind of was für

Britta zuckte die Achseln. “I have no idea. Maybe she’s stolen some very important documents in Munich and is selling them in London.”
Chris schaute sie bewundernd an. “That’s a great idea!”, sagte er. “She’s an **industrial spy**. She’s probably got a very **tiny** camera, maybe in her **lipstick**, and she takes photos with it, **develops** them in her **flat** and sells them to the **competitors** here in London.”
Britta war nicht so überzeugt von ihrer Idee. Sie hatte die Lust am Detektivspielen verloren.
“Let’s go home or to the museum. **I’m bored of waiting**.”

“Okay, let’s go to the museum, it’s **just around the corner**. You’ll like it.”
Sie machten sich auf den Weg. Chris drehte sich noch einmal um, bevor sie in die nächste Straße einbogen.
“**Don’t turn around**”, sagte er zu Britta. “She’s following us.”

---

industrial spy Industriespion
tiny winzig
lipstick Lippenstift
develops entwickelt
flat Wohnung
competitors Konkurrenten
I’m bored of waiting. Ich hab die Nase voll vom Warten.
just around the corner gerade um die Ecke
Don’t turn around. Dreh dich nicht um.

Britta erschrak. Hatte die Frau sie doch erkannt und ging jetzt zur Polizei?
“What do you mean, she’s following us?”
“I just mean **that she’s left the house** and is coming this way. Let’s go to the newspaper shop and wait and see where she’s going.”
Sie blieben vor dem Zeitschriftenladen stehen, taten, als läsen sie die Zeitungen, schauten sich immer wieder verstohlen um.
Die Frau trug nun wieder ein strenges Kostüm und hatte die Haare hochgesteckt.
“She **seems** to like blue”, bemerkte Chris trocken. “She’s Mrs Blue.”
Britta kicherte nervös. “Was macht sie?”, flüsterte sie. Vor lauter Aufregung hatte sie ihren Vorsatz vergessen.
“I think she’s going to the Tube. Shall we follow her?”
Britta nickte, obwohl sie auch Angst hatte. Was, wenn die Frau ihnen etwas antun würde? Aber es waren so viele Menschen unterwegs, was konnte da schon passieren?
“Come on, Britta”, drängte Chris, der schon Richtung U-Bahn gegangen war. “What’s wrong?”
“Nothing”, sagte Britta und lief zu ihrem Cousin.

---

that she’s left the house dass sie das Haus verlassen hat
seems scheint

Sie folgten Mrs Blue zur Tube, stiegen dort in denselben Wagen wie sie und fuhren drei Stationen nach Knightsbridge.

"Oh no! She's going to Harrods", stöhnte Chris, als sie auf den langen Rolltreppen standen. "I hope you've got some money with you."

Bei Harrods

Britta kam aus dem Staunen nicht mehr heraus. Das gab es doch gar nicht! Sie merkte nicht, dass sie permanent angerempelt wurde, weil sie den Strom der Menschen blockierte, die das Kaufhaus betreten oder verlassen wollten.

"Come on", drängte Chris. "We're losing her."

Aber Britta hatte jegliches Interesse an Mrs Blue verloren. Mit offenem Mund und großen Augen betrat sie eine Halle nach der anderen, gefolgt von einem sichtlich genervten Chris.

Britta war schon einmal bei Harrods gewesen, vor vielen Jahren, als ihre Eltern noch nicht geschieden waren. Sie hatten Anja und Jonathan kurz nach der Geburt von Tommy besucht. Das war – Britta rechnete kurz nach – acht Jahre her. Sie war damals zu klein gewesen, als dass sie sich daran erinnern konnte.

Über jeder Tür stand die Bezeichnung des Raumes, den man als Nächstes betrat. Ach was, Raum war kein angemessenes Wort, es waren eindeutig Hallen. Zum ersten Mal verstand Britta die Bezeichnung Konsumtempel. Vor allem, als sie in der *Egyptian Hall* standen und von dort aus einen Blick in den *Room of Luxury* warfen. Es war wie ein Traum.

Chris schien es jedoch eher als Albtraum zu empfinden, denn er zupfte Britta immer wieder am Ärmel.

"Can we go now?", flüsterte er mehr als einmal.
"Oh, please", bat Britta. "Let me have a look. Please!"
Chris schüttelte entnervt den Kopf. "I don't know what it is with women and shopping", bemerkte er altklug. Britta war sicher, dass er den Satz von seinem Vater aufgeschnappt hatte. Onkel Jonathan hasste Shoppen wie beinahe alle Männer, die sie kannte. Ihr Vater sagte, das lag an den Genen.
Sie waren in der Lebensmittelabteilung angelangt. *Meat, Fish & Poultry*, stand auf dem Schild.
"What's poultry?", fragte Britta ihren Cousin.
"Geflügel", übersetzte er. In der nächsten Halle gab es eine unüberschaubare Menge Blumen, einheimische und exotische.

"We could bring some flowers for your mother", schlug Britta vor.
"**If you can afford it**", knurrte Chris.
"Let's have a look at the fruit", sagte Britta und lief weiter. "This is **amazing**", meinte sie schließlich.
"It's **crazy**", erwiderte Chris. Sein Gesichtsausdruck zeigte deutlich, was er von der ganzen Sache hielt. Britta musste lachen.
"You look like someone who is … was heißt quälen?"

If you can afford it. Wenn du es dir leisten kannst.
amazing unglaublich
crazy verrückt

“Torture”, sagte Chris und konnte sich ein Grinsen nicht verkneifen.
“Like someone who is being tortured”, beendete Britta ihren Satz. “I’d like to have some tea”, meinte sie in der Hoffnung, die Aussicht auf Tee oder Kakao würde Chris besänftigen. Gleichzeitig hoffte sie, dass sie vielleicht per Zufall über die geheimnisvolle Mrs Blue stolpern würden.
“What do you think?”, fragte sie Chris, während sie durch die Bäckerei gingen und ihnen das Wasser im Munde zusammenlief. “There are two **reasons** why someone goes to Harrods: Either you want to buy something or you want **to meet** someone.”
Chris schaute sie zweifelnd an. Für ihn schienen alle Menschen, die freiwillig in solch ein Kaufhaus gingen, komplett verrückt zu sein.
“Let’s look for a café. If we see her, it’s fine, if we don’t, it’s okay **as well**”, sagte Britta.
“Okay”, stimmte Chris zögernd zu. “There’s only one small problem.”
“What is it?”
“There are **at least** ten cafés in here.”
Britta schaute Chris ungläubig an. “Ten?”

---

reasons Gründe
to meet treffen
as well auch
at least mindestens

Chris nickte. "At least. If not more."
"Ach du lieber Himmel", entfuhr es Britta.
"Okay, I'll go get a guide and we'll see", sagte Chris plötzlich entschlossen. "Stay where you are, or I'll never find you again."
Britta nickte und stellte sich in eine freie Ecke, wo sie die "Bakery" und den "Candy Shop" gut im Blick hatte. Sich hier zu verlieren war sicher nicht schwer. Lost at Harrods, dachte sie und grinste. Chris kam bald mit einem **store guide** zurück.
"Okay, we've got eight bars and cafés on the ground floor, two in the **basement**, only one on the first floor, two, no three, on the second floor ..."

"Okay, stop", unterbrach Britta ihn lachend. "**I got the message**."
"Let's do it **systematically**", schlug Chris zu ihrer Überraschung vor. "Let's start either in the basement or on the top level, which is the fifth floor. You'll get to see the whole store and we can **look out for our mysterious lady**."
"**Sounds good** to me", erwiderte Britta erfreut.

---

store guide *hier:* Lageplan
basement Untergeschoss
I got the message. Ich hab schon verstanden.
systematically systematisch
look out for our mysterious lady nach unserer geheimnisvollen Dame Ausschau halten
sounds good klingt gut

"Where do we start?"
"Let's go **from top to bottom**. The escalators are this way."
Britta folgte ihrem Cousin zu den Rolltreppen, die sie mit vielen anderen Menschen in den fünften Stock brachten.
"Hair & Beauty, **all kinds** of sports and fitness **equipment**", rezitierte Chris wie ein Liftjunge.
"You're stupid", sagte Britta lachend.
"**My pleasure**", antwortete Chris mit einer kleinen Verbeugung.
Kichernd liefen sie durch die Sportabteilung und warfen einen Blick in das Urban Retreat Café.
"There's nobody we know", stellte Chris fest.
"Would be **too good to be true** if we found her in the first café", sagte Britta. "Sports stuff is boring. What's on the fourth floor?"
"Let me check", sagte Chris und konsultierte den Plan. "It's **mainly** kid's stuff", meinte er schließlich.
"Sounds like fun", beschloss Britta und ging Richtung Rolltreppe.
Sie fanden die geheimnisvolle Frau weder im vierten,

---

from top to bottom von oben nach unten
all kinds alle Arten
equipment Ausrüstung, *hier auch:* Geräte
My pleasure. Mit Vergnügen.
too good to be true zu schön, um wahr zu sein
mainly hauptsächlich

dritten oder zweiten Stock. Dafür erstanden sie ein Wörterbuch für Britta und ein Kinderbuch für Tommy, beide herabgesetzt, in der Buchabteilung und einen Topfhandschuh für Anja. Sie fuhren in den ersten Stock, als Chris plötzlich flüsterte: "There she is", und nach unten deutete. Tatsächlich, Mrs Blue betrat gerade die Rolltreppe nach oben. Sie war mit Tüten bepackt. Chris grinste und sagte: "Women and shopping."

Sie liefen die Rolltreppe hinunter und fuhren sofort wieder hinauf. Es war nicht einfach, die Frau im Gewühl der vielen Menschen nicht zu verlieren.

"She's going to the Harrods Café", sagte Chris nach einem Blick auf den Plan. Tatsächlich ging Mrs Blue zielstrebig durch *Books, Magazines & Newspapers* und ***Travel Goods & Luggage*** hindurch und suchte einen freien Platz im Café.

"I don't think we should sit down and have tea", sagte Chris.

"Why not?"

"Two kids on their own in an expensive café? They wouldn't believe us."

"I don't think so", erwiderte Britta. "We're rich kids who are bored from all the shopping. Our parents gave us money for a hot chocolate."

---

travel goods Reisewaren
luggage Gepäck

"It could **work**", gab Chris zögernd zu.
"Okay then, let's look for a table", sagte Britta und steuerte auf einen Tisch zu, der gerade frei wurde. Als sie sich setzten, flüsterte sie Chris zu: "Du übernimmst das Reden."
Chris bestellte zwei Mal heiße Schokolade für sie. Falls die Bedienung sich wunderte, dass zwei Zwölfjährige allein ins Café gingen, sagte sie nichts.
"You see, it's working." Britta strahlte zufrieden und nippte an der heißen Schokolade. "**What's the matter**?", fragte sie irritiert, als Chris plötzlich loskicherte.
"You've got a moustache", prustete er und deutete auf ihren Mund.
Britta schaute ihn verständnislos an. Chris deutete am eigenen Mund einen Oberlippenbart an. "It's a moustache", sagte er. "It's a French word."
Britta wollte noch etwas fragen, aber Chris unterbrach sie: "You were right. I think she's meeting someone."
Sie schauten zu Mrs Blue, die immer wieder ungeduldig auf ihre Armbanduhr schaute.
"It's probably just a friend", sagte Britta, um sich vor allzu großer Enttäuschung zu bewahren.
"Yes", stimmte Chris zu. "Or a **conspirator**."

---

work funktionieren
What's the matter? Was ist los?
conspirator Verschwörer

Geheime Dokumente?

Britta und Chris befürchteten, noch eine zweite Schokolade bestellen zu müssen, denn so klein ihre Schlucke auch waren, irgendwann war die größte Tasse leer. Und so groß waren die Tassen bei Harrods nicht. Dafür ganz schön teuer.

"I hope her **date arrives soon**", seufzte Chris.

"Maybe that's him?", mutmaßte Britta, als ein unglaublich dicker Mann sich zwischen den Menschen hindurchzwängte und eindeutig auf den Tisch ihres Verfolgungsopfers zusteuerte.

"I hope he's not her **lover**", murmelte Chris, was Britta zum Kichern brachte.

Der Mann ließ sich auf den Stuhl plumpsen, der unter seiner Leibesfülle ziemlich wacklig aussah.

"It looks like a business meeting", kommentierte Chris.

"Maybe they have to hide **in public**?", meinte Britta.

"Why should they meet in public then?", gab Chris zurück. Britta musste ihm recht geben: Das ergab keinen Sinn.

Doch bevor Britta etwas erwidern konnte, hielt Chris

---

date Verabredung
arrives soon kommt bald
lover Liebhaber
in public in der Öffentlichkeit

ihr seine Hand hin und sagte: "Give me your money. I'll pay the **bill as soon as** the **waitress** arrives, so we won't have to wait later."
Britta reichte ihm ihren Geldbeutel, und Chris gab der Bedienung, als sie das nächste Mal an ihrem Tisch auftauchte, das Geld.
"There's **almost** nothing **left**", bemerkte er und gab Britta ihre Geldbörse zurück. "Let's hope they don't stay too long."
"Let's wait for twenty minutes and then **leave.**" Britta fühlte sich in ihrer Rolle als Beobachterin nicht mehr wohl. Mrs Blue und ihr schwergewichtiger Begleiter unterhielten sich wie zwei normale Menschen, von Geheimnissen keine Spur.
"I'd love to hear what they're talking about", seufzte Chris.
"Don't do anything stupid, okay?", sagte Britta mit Panik in der Stimme. Chris war imstande und stellte sich neben den Tisch, nur um alles mitzubekommen.
"I'm not stupid", verteidigte er sich beleidigt. "I'm just **curious**."

---

bill Rechnung
as soon as sobald
waitress Kellnerin
almost fast
left übrig
leave (weg)gehen
curious neugierig

Allmählich neigte sich die Zwanzigminutenfrist ihrem Ende entgegen.
"I think I saw something that wasn't there", gab Britta schließlich zu. "She just lost her briefcase and then got it back ..."
"Look", sagte Chris plötzlich und stupste Britta am Arm. "Something's happening."
Tatsächlich reichte Mrs Blue dem Mann etwas Rotes.
"Looks like a **document folder**", meinte Chris.
Der Mann öffnete die Akte, warf einen kurzen Blick hinein, nickte und klappte sie wieder zu. Dann zog er aus seiner inneren Jackentasche eine Brieftasche, entnahm ihr ein paar Scheine – "Money!" – und gab sie Mrs Blue.

Alles hätte vollkommen harmlos wirken können, hätte nicht der dicke Mann ständig den Schweiß von seiner Stirn gewischt und Mrs Blue nicht permanent nervös um sich geschaut. Britta empfand es als kleines Wunder, dass sie der Frau noch immer nicht aufgefallen waren. Aber vielleicht war es tatsächlich so, wie Chris gesagt hatte: Erwachsene bemerkten Kinder nicht.
"Amateurs", bemerkte Chris verächtlich. "I could have done that less conspicuously."
"What does that mean?", wollte Britta wissen.
"What does what mean?", fragte Chris zurück.

---

document folder Aktenordner

"The word, conspic…"
"Oh, it means auffällig. Conspicuously", wiederholte er langsam, ohne den verdächtigen Tisch aus den Augen zu lassen. "They're leaving", sagte er leise. "Do you want to follow them?"
Britta war unschlüssig. Eigentlich hatte sie genug vom Detektivspielen, andererseits hatten sie wieder einen Anhaltspunkt erhalten, dass vielleicht doch etwas Geheimnisvolles an Mrs Blue war. Sie nickte.
"Yes, let's follow them."
Aber das war leichter gesagt als getan, denn ihre beiden Opfer trennten sich sofort nach dem Verlassen des Cafés.
"Man or woman?", wollte Chris wissen.
"I don't know", gab Britta zu.
"Let's follow him", entschied Chris. "We know where we can find her, but we don't know anything about him."
Britta stimmte schweren Herzens zu. Eigentlich wollte sie nach Hause, die Füße hochlegen und ein wenig lesen oder schlafen, aber immerhin hatte sie Chris den Floh mit dem Detektivspielen ins Ohr gesetzt.
Doch die Verfolgung des dicken Mannes war schnell zu Ende: Er stieg vor dem Kaufhaus in eine große Limousine mit abgedunkelten Scheiben und brauste davon.
"Shit", entfuhr es Chris.

"You shouldn't say that", sagte Britta lachend. Sie war insgeheim froh, dass endlich Ruhe war. Dachte sie zumindest.

"Did you see the **number plate**?", fragte Chris aufgeregt.

Sie schüttelte den Kopf.

"It was something very short, BM something and only one number." Chris war ganz aus dem Häuschen.

"And?" Britta sah nicht, wie ihnen das helfen sollte.

"Don't you see?", versuchte Chris zu erklären. "There aren't **that many** plates with such a short number."

"Maybe", gab Britta zu. "But how do you plan to find the car? Do you want to stroll through London looking for it?"

"No, of course not", gab Chris zu und sah dabei ziemlich enttäuscht aus. Doch dann hatte er einen neuen Geistesblitz. "But it might help if we go to the police."

"Police?" Britta musste lachen, weil ihre Stimme plötzlich so schrill wie in einem englischen Film geklungen hatte. Sie zog Chris zur Seite und sagte leiser: "Why should we go to the police? Everything is

---

number plate Nummernschild
Don't you see? *hier:* Verstehst du nicht?
that many so viele

probably very **innocent** and there's no reason to go to the police."
"Not now, of course", stimmte Chris zu. "But you never know."
Britta musste lächeln. Das war typisch Chris.
"Let's go home", sagte sie schließlich. "I'm tired."
"Yes, me too", stimmte Chris zu.
Zu Hause warteten frisch gebackene **Scones** und ein immer noch beleidigter Tommy auf sie. Sein Gesicht hellte sich erst auf, als Britta ihm bestätigte, dass sie wie versprochen nicht im Museum waren.
"Where did you go **instead**?", fragte er neugierig.
"Oh, we just walked around", sagte Britta. "And we went to Harrods", fügte sie geheimnisvoll lächelnd hinzu. Sie zog die Tüte mit Tommys Buch heraus. "**Guess** what we've brought for you."
Gierig grapschte Tommy nach der Tüte, aber Britta hielt sie außer Reichweite.
"You're stupid", quengelte Tommy.
"Tommy", sagte Tante Anja warnend. "Don't be such a nuisance."
"But she said it's for me."
"That's no reason to be nasty."

---

innocent harmlos
Scones *kleine süße Brötchen mit oder ohne Rosinen, werden in England oft mit Marmelade zum Tee gegessen*
instead stattdessen
guess rate

Britta machte dem Ganzen ein Ende und gab Tommy die Tüte. Neugierig riss er sie auf und holte das Buch heraus.
"Chris told me it's one of your favourites", sagte Britta. Das Leuchten in Tommys Augen schien das zu bestätigen. Er begann sofort zu lesen.
"Tommy." Tante Anjas Stimme war eine Mischung aus Ärger und gespielter Verzweiflung.
"What?" Er ließ sich nur ungern stören.
"You're **not a baby anymore**. How often do I have to tell you what to say when someone gives you a gift?"
"Hm."

"Tommy."
Nicht einmal Tommy konnte den warnenden Unterton überhören.
"Thanks", warf er Britta entgegen, um sich dann sofort wieder ins Buch zu vertiefen.
"You're welcome", erwiderte Britta und nahm sich ein Scone.

---

not a baby anymore kein Baby mehr

Immer Mrs Blue nach

Obwohl Britta keine Lust auf einen weiteren Tag Detektivspielen hatte, stand sie gegenüber dem Haus mit der Druckerei und warf Chris geduldig den Ball zurück, den sie heute mitgebracht hatten.
Am Abend zuvor hatten sie noch ausführlich über die Erlebnisse des Tages diskutiert, und Chris hatte sie davon überzeugen können, dass etwas an ihren Vermutungen dran war. Nur hatte Britta sich ihre Ferien etwas anders vorgestellt. Sie wollte etwas von London sehen und nicht den ganzen Tag rund um Earl's Court verbringen. Ihre einzige Hoffnung war, dass Chris irgendwann doch noch die Lust verlieren würde. Im Moment sah es jedoch nicht danach aus.
"Do you think she's already left the house?", fragte er, als sich nach einer halben Stunde immer noch nichts getan hatte.
Woher soll ich das wissen, dachte Britta und zuckte mit den Schultern. "I have no idea."
"Let's go inside", schlug Chris plötzlich vor.
"Bist du verrückt?", entfuhr es Britta auf Deutsch. "Are you crazy?", wiederholte sie.
"No." Chris schüttelte heftig den Kopf. "We could **find out** who she is", sagte er.
"And what if she sees us?" Britta war nicht überzeugt.

---

find out herausfinden

“She won’t. And **if we run into her** we can always **make up** a story.”
“What kind of story?”
Chris dachte nach. “I don’t know. I’ll make something up when I have to.” Er nahm den Ball und überquerte die Straße. “Come on”, rief er Britta zu. Zögernd lief sie ihm nach.
“It’s not a good idea”, sagte sie, aber Chris wollte nicht hören. Er stand bereits vor der Tür und begutachtete das Klingelschild.
“You have no idea what her name could be?”, fragte er noch einmal hoffnungsvoll.
Britta schüttelte nur den Kopf.

“It’s **definitely** not Blue”, kommentierte Chris grinsend.
“Okay, let’s do it”, sagte Britta schließlich.
“Which one?”, fragte Chris und deutete auf die Klingelknöpfe.
“This one”, meinte Britta und drückte einen Knopf in der Mitte. Keine Reaktion.
“**Your turn**”, forderte sie Chris auf. Der drückte die Klingel daneben, doch auch das blieb ohne Erfolg. Abwechselnd drückten sie eine Klingel, und endlich, bei der drittletzten, ertönte der Summer.

---

if we run into her wenn wir ihr über den Weg laufen
make up erfinden
definitely bestimmt
Your turn. Du bist dran.

Chris öffnete die Tür und rief: "Thanks. Package for Mr Miller." Sie hörten eine Tür klappen.

"There is no Mr Miller", flüsterte Britta.
"I know, but it always works. Nobody seems to listen." Chris grinste breit. "Okay, let's have a look."
Vorsichtig schlichen sie sich die Treppe hinauf. In jedem Stock waren zwei Wohnungen, manche mit Namen an der Tür oder neben der Klingel, die meisten jedoch ohne.
"Very **helpful**", flüsterte Britta.
Sie befanden sich gerade auf der ersten Etage, als ganz oben eine Tür klappte, ein Schlüssel im Schloss gedreht wurde und gleich darauf klappernde Absätze ertönten.
"Someone's coming down", sagte Chris leise und bedeutete Britta, dass sie sich verstecken sollten. Nur wo? So schnell und leise wie möglich liefen sie die restlichen Stufen hinunter. Britta wollte auf die Straße hinaus, doch Chris hielt sie am Pullover fest und zog sie mit sich in die Gegenrichtung.
"To the **backyard**", flüsterte er kaum hörbar, denn die klappernden Absätze waren schon ziemlich nah. Doch statt des erwarteten Hinterhofs standen sie plötzlich vor einer gewaltigen Eisentür, hinter der das rhythmische Stampfen der Druckmaschinen er-

helpful nützlich
backyard Hinterhof

tönte. Auf einem großen Schild stand mit roten Buchstaben: "Private. **No entry!**"
Britta befürchtete, ihr Cousin würde trotzdem in die Druckerei stürmen, aber er blieb an der Tür stehen. Jetzt konnten sie nur hoffen, dass derjenige, vor dem sie sich versteckten, nicht noch etwas in der Druckerei erledigen wollte. Sie hielten den Atem an, als die Absätze im Erdgeschoss angelangt waren, und atmeten tief durch, als die Haustür ins Schloss fiel.
"Das war knapp", flüsterte Britta.
"Yes", bestätigte Chris. "And now?"
"Let's follow him or her", schlug Chris vor.
Obwohl die Luft wieder rein war, schlichen sie sich zur Haustür und öffneten sie vorsichtig. Chris steckte den Kopf hinaus und schaute sich um. Dann drehte er sich um und streckte den Daumen in die Höhe.
"It's her!", rief er aufgeregt. "At least now we know that she lives on the forth floor."
Sie warfen einen Blick auf die beiden Klingelschilder: Rechts stand Evans, links Mockler.
"There's no first name", beklagte Britta. Sie konnten also wieder nur raten.
"Well, she'll stay Mrs Blue for a bit longer", meinte Chris mit Achselzucken. Für ihn war das kein Problem. "Let's go, **otherwise** we'll lose her."

No entry! Kein Eingang!
otherwise sonst

Sie liefen Richtung Earl's Court Road, suchten Mrs Blue und entdeckten sie am Kiosk. Von dort ging sie Richtung U-Bahn-Station.
"I'm **glad** she's not taking a taxi all the time", sagte Chris. "Mum gave me money this morning but we wouldn't **get far** by taxi."
"I need a new ticket", erinnerte Britta ihn. Auch Mrs Blue schien eine Fahrkarte zu benötigen, denn sie stellte sich an einem der Automaten an. Chris stellte sich in die andere Schlange. Zum Glück ging es bei beiden gleich schnell, sodass Chris kurz vor Mrs Blue mit dem Ticket für Britta zurückkam.
"I hope zones 1 and 2 **are enough**. Otherwise we'll have a problem."
Sie warteten, bis Mrs Blue fertig war, und folgten ihr zur **Piccadilly Line**. Britta rechnete immer damit, dass der Frau auffallen müsste, dass sie ständig von zwei Kindern umgeben war, doch Mrs Blue schien nicht auf ihre Umwelt zu achten. Sie trug heute wieder einen Pferdeschwanz, was sie jünger aussehen ließ. Britta wünschte sich plötzlich, sie wären mit ihren Vermutungen auf dem Holzweg.
Am Leicester Square stieg Mrs Blue um.

---

glad froh
get far weit kommen
are enough reichen
Piccadilly Line *wichtige U-Bahn-Linie in London, die durch die Innenstadt führt*

“I think I know where she’s going”, mutmaßte Chris. Britta sah ihn fragend an.
“Camden Market, coolest **place** in town. Perfect for women”, sagte Chris grinsend.
“Why?”
“It’s a flea market”, erklärte Chris.
“Flea market?” Britta konnte mit dem Begriff nichts anfangen.
“Flohmarkt”, übersetzte Chris. “It’ll be hard to follow her. It’s very **crowded**.”
“That’s okay”, versuchte Britta Chris zu überzeugen. “It’s not our, our … what does Aufgabe mean?”
“Task.”
“It’s not our task to follow her. We’re on holiday and should be enjoying ourselves.”
“Yes, I know”, gab Chris widerwillig zu. “But it *is* fun, isn’t it?”
Britta schaffte es nicht, ihm zu sagen, dass es ihr eigentlich keinen Spaß mehr machte. Sie nickte.
“Camden Town”, sagte die Computerstimme der Tube.
“**Get off** or follow her?”, fragte Chris, denn Mrs Blue blieb sitzen.
“Get off”, sagte Britta. “I love flea markets.”

---

place Ort
crowded voll
get off aussteigen

Überraschung in Camden

Es war beinahe wie bei Harrods und doch ganz anders. Mit offenem Mund lief Britta neben Chris durch die Hauptstraße von Camden Town. Ein Laden folgte dem nächsten: Es gab Klamotten jeder Art, verrückte Schuhe, Handys, einen Friseur, wieder Klamotten, Schmuck, Schuhe, etwas zu essen ...

"Wait until you see the real market", sagte Chris.

"What real market?", fragte Britta neugierig.

"You'll see", meinte Chris nur geheimnisvoll.

Tatsächlich kamen sie nach einer Weile zu einem riesigen Areal, auf dem sich dicht gedrängt Hunderte von Ständen befanden, alle mit Klamotten.

"Wow", entfuhr es Britta. "Can we go in?", bat sie Chris. "I promise I won't buy anything."

"Sure", sagte er tapfer. "Mum would probably **kill** me if I told her we'd been to Camden but hadn't seen the market itself. But this is only a **part** of it. There's lots more", fügte er warnend hinzu.

Plötzlich bekam Britta Gewissensbisse. "**Are we allowed** to go that far from home?", wollte sie wissen.

---

kill umbringen
part Teil
are we allowed dürfen wir

Chris zuckte mit den Achseln. "**To be honest**: I don't know." Er dachte kurz nach, schüttelte dann den Kopf. "No, I think it's okay. First, I'm allowed to show you parts of London – and they didn't tell me which parts", sagte er lachend. "And second, Camden is **still pretty close** to the city centre. **In fact,** it's closer to, let's say, Piccadilly Circus than to Earl's Court. Can't be such a big problem, can it?"
Britta gab ihm recht. Und wenn schon: Jetzt waren sie hier, und sie wollte das genießen.
"Fine", sagte sie. "Let's go."
Die nächsten Stunden verbrachten sie in den verschiedenen Teilen des Flohmarktes. Britta konnte sich nicht sattsehen an den verrückten Klamotten, die angeboten wurden.
"Look at these boots", machte sie Chris auf ein paar ungewöhnliche Stiefel aufmerksam, die an der Spitze einen langen Dorn aus Gummi trugen.
"**For kicking someone's ass**", sagte Chris.
"Ouch." Britta hielt ihre Hand über ihr Hinterteil. Sie lachten.
In einem anderen Teil des Marktes gab es Antiquitä-

---

to be honest um ehrlich zu sein
still noch
pretty close ziemlich nah
in fact tatsächlich
For kicking someone's ass. Um jemanden in den Hintern zu treten.

ten, Modeschmuck, Kerzen, natürlich wieder alle Varianten von Kleidung, DVDs, CDs und Kassetten. Britta wollte sich eine DVD anschauen, aber Chris zog sie ziemlich rüde weiter.

"Hey, I want to see it", protestierte sie, aber er achtete nicht auf sie. Erst als sie in einiger Entfernung vorm Stand waren, hielt er an.

"They're all illegal", sagte er warnend.

"What do you mean?", fragte Britta ratlos.

"Did you see the titles?"

"No, you didn't give me a chance."

"All of these are films that have **just** stopped running or are still running. Usually you can only buy a DVD

---

just gerade

a few months later, but they make illegal copies and sell them here."
"But why don't the police stop them?", wollte Britta wissen.
"Because they're not here by the time the police arrive", erklärte Chris.
"How do you know?"
"My father told me."
Sie gingen weiter, ließen sich von der Mixtur aus Räucherstäbchen und Essensgeruch benebeln, lauschten den Beats eines Klamottenladens, die die Reggaeklänge vom Stand nebenan locker übertönten.
"I'm hungry", sagte Britta nach einer Weile.

"Me too. Do you like Chinese food?"
Britta nickte.
"Okay, let's get something to eat and then go down to the canal. It's very nice there."
Sie kauften verschiedene Gerichte und zwei Dosen Cola und setzten sich am Kanal, der durch Camden Town floss, auf einen sonnigen Fleck am Ufer. Das Essen schmeckte lecker, und eine Weile saßen sie nur da, sahen den Enten und Schwänen zu und sagten nichts. Britta fühlte sich satt und gut. Der heutige Tag kam ihrer Vorstellung von Ferien schon näher.
"We should buy something for your mum", meinte sie schläfrig.

---

a few ein paar

“Hm”, brummte es neben ihr nur. Chris lag auf dem Rücken und hatte die Augen geschlossen.
“You’re a **lazybones**”, sagte sie lachend.
“**Sometimes I wonder** what kind of words you really know”, knurrte Chris. Er schlug die Augen auf und setzte sich auf. “I could **fall asleep**”, gestand er.
“I too”, sagte Britta, was Chris sofort korrigierte: “Me too.”
“Umpf”, machte Britta, um dann gleich darauf zu sagen: “I don’t believe it.”
“English is not *that* hard to learn”, erklärte Chris.
“I’m not talking about English”, klärte Britta ihn auf.
“Then what *are* you talking about?”
“There’s Mrs Blue again.”
Abrupt setzte sich Chris auf. “Where is she?”
“**Over there**.” Britta deutete mit dem Kinn flussabwärts ans andere Ufer. “She’s meeting **another** woman.”

---

lazybones Faulpelz
sometimes I wonder manchmal frage ich mich
fall asleep einschlafen
over there da drüben
another eine andere

Wo geht's zur *Tube*?

Mit klopfenden Herzen beobachteten Britta und Chris, wie Mrs Blue und die andere Frau sich beinahe gegenüber von ihnen am Kanal niederließen und endlos redeten.

"Isn't it **fascinating** to meet the same people **over and over again**?", sagte Chris.

"Yes", erwiderte Britta. "I still can't believe that we've found Mrs Blue again."

Chris sagte, sie sollten sich fertig machen, für den Fall, dass sie die beiden verfolgen müssten. Er räumte ihre Essensreste zusammen und warf sie in einen nahen Mülleimer.

"Look", sagte Britta, als er zurückkam.

Die beiden Frauen saßen noch immer, aber mittlerweile blätterten sie in irgendwelchen Unterlagen. Mrs Blue schien der anderen etwas zu erklären, denn sie deutete immer wieder auf diverse Stellen, während diese mal den Kopf schüttelte, mal zustimmend nickte. Plötzlich jedoch waren sie sich offensichtlich nicht mehr einig, denn die andere sprang auf und gestikulierte heftig.

"**I wish we could hear** what they're saying",

---

fascinating faszinierend
over and over again immer wieder
I wish we could hear Könnten wir doch bloß hören

seufzte Chris. "Real detectives would have something to bug them with."

"To bug them with?", fragte Britta ratlos.

"Abhören", sagte Chris nur kurz, viel zu sehr mit dem Geschehen am anderen Ufer des Kanals beschäftigt. "Look, **she's handing over** something."

Tatsächlich gab Mrs Blue der Frau die Unterlagen, über die sie gerade so heftig diskutiert hatten. Diese stopfte sie achtlos in ihre Stofftasche, was Mrs Blue nicht zu gefallen schien. Wieder gab es lange, gestenreiche Diskussionen.

"Looks definitely like an **argument**", kommentierte Chris. Er drehte sich fragend zu Britta um. "Shall we follow them?"

Britta zögerte. Sie war müde und wollte nach Hause. Sie sollten vermutlich gar nicht hier sein, andererseits wusste ja keiner, dass sie in Camden waren. Man musste ja nicht alles erzählen. Und dass mit Mrs Blue etwas nicht stimmte, war jetzt so klar wie Kloßbrühe.

"Let's follow them", entschied sie schließlich.

"What if they don't leave **together**?", wollte Chris wissen.

"What do you mean?"

---

she's handing over sie übergibt
argument Streit
together zusammen

"They didn't come together, so why should they leave together?", stellte Chris richtig fest.
"I don't know. Why don't we follow Mrs Blue?", schlug Britta vor.
Chris nickte und schüttelte gleichzeitig den Kopf. "Yes and no", meinte er. "The **other one**'s got the documents", gab er zu bedenken.
"Don't leave me!", rief Britta theatralisch. Sie lachten.
Am anderen Ufer hatten sich die beiden Frauen offensichtlich wieder versöhnt, denn es gab eine große Abschiedsszene mit Umarmungen und Küsschen links und rechts.
"Why do Germans always kiss?", fragte Chris und verzog das Gesicht.

"You're a boy, and that's why you don't like it", sagte Britta trocken. "Not only the Germans do it. The French started it."
Langsam schlenderten sie am Kanal entlang, den beiden Frauen am anderen Ufer folgend. Plötzlich kam Chris eine Idee:
"**We should try and get there before them**. The stairs over there **lead** to one of the markets. We'll never find them in there."
Britta stimmte zu, und so rannten sie los. Vollkom-

---

other one andere
We should try and get there before them. Wir sollten versuchen, vor ihnen da zu sein.
lead führen

men atemlos kamen sie am anderen Ende der Brücke an und suchten nach Mrs Blue. Das war nicht so einfach, denn es herrschte großes Gedränge. Halb London schien nach Camden gekommen zu sein, zumindest empfand Britta es so.

"If we lose **each other**, we'll meet at the Tube station, okay?", rief Chris.

Britta nickte und versuchte, ihren Cousin nicht aus den Augen zu verlieren.

"There's Mrs Blue", rief er aufgeregt und deutete nach vorne. So sehr Britta sich reckte und streckte, sie konnte sie nirgends sehen.

"I don't see her", sagte sie.

"Pardon me?", ertönte eine fremde Stimme neben ihr.

Der Schreck fuhr Britta durch alle Glieder, als sie sich umdrehte und einen schrill geschminkten Punk neben sich sah.

"Umh, I am ..., I lost ..."

"May I help you?", fragte der Punk freundlich, und für einen Moment fand Britta es seltsam, dass ein junger Mann mit löchriger Hose, karierter Weste über giftgrünem T-Shirt und pinkfarbenem Schopf, der mit Hilfe von viel Gel steil nach oben ragte, so ein perfektes Englisch sprach. Sie überlegte kurz sein Hilfsangebot anzunehmen, aber dann dachte sie dar-

each other einander

an, dass sie auch den Weg von Heathrow zu den Blakes alleine geschafft hatte, und schüttelte den Kopf.

"That's very nice of you, but I don't need help. Thank you", sagte sie artig.

Der Punk lächelte sie an und ließ sie stehen.

Britta lief ein Stück in der Hoffnung, Chris zu finden, aber ihr Cousin war nirgends zu sehen.

"Gut", sagte sie sich. "Dann erlebe ich jetzt halt ein Abenteuer in Camden Town."

Sie orientierte sich kurz und entschied, dass die U-Bahn-Station in der Gegenrichtung liegen musste. Langsam ließ sie sich von der Menge dorthin treiben, schließlich sah sie das U-Bahn-Schild leuchten. Erleichtert betrat sie den Eingang, als sie von einer gelb uniformierten Frau aufgehalten wurde.

"Sorry, **luv**, but **this ain't no entry**. You must go to the next station."

Britta schaute die Frau ratlos an. Kein Eingang?

"But that's the Tube station, isn't it?", fragte sie.

Die Frau nickte. "Yes, it is, but now it's only an **exit**. It's a **restriction** that **applies at certain hours**."

Restriction? Schon wieder ein unbekanntes Wort.

---

luv Schatz, Liebes
this ain't no das ist kein
entry Eingang
exit Ausgang
restriction Einschränkung
applies at certain hours gilt zu bestimmten Zeiten

Aber "only an exit" war klar: Nur ein Ausgang. Britta war ratlos. Was sollte denn das schon wieder? Manchmal hatten die Londoner wirklich seltsame Ideen.
"Where are your parents?", wollte die Frau jetzt wissen.
Nicht auch das noch. Fieberhaft überlegte Britta, was sie sagen sollte. Wenn sie jetzt behauptete, she lived around the corner, würde das vermutlich unglaubwürdig klingen. Denn dann müsste sie doch wissen, was es auf sich hatte mit dem "exit only". Sie entschied sich für die Wahrheit. Zumindest die halbe.
"I'm here with my cousin. He's 19", sagte sie. "I'm meeting him at the Tube station."
"You're not lost, are you?"
Britta schüttelte energisch den Kopf. "No, I'm not", behauptete sie tapfer. "But I'm a tourist from Germany!", fügte sie erklärend hinzu.
"How nice." Die Frau war wirklich freundlich. "I hope you like London."
"Yes, I do, very much", bestätigte Britta, auch wenn sie jetzt viel lieber in München gewesen wäre. Da waren U-Bahn-Aus- und -eingänge eben Aus- und Eingänge.
"Where's the next Tube station?", wollte Britta wissen. Irgendwie musste sie ja wieder nach Earl's Court kommen. Dass Chris ihr aber auch nichts davon gesagt hatte. Aber vielleicht hatte er es selbst nicht gewusst.

"You could either go to Mornington Crescent or to Chalk Farm", erklärte die Frau in der gelben Jacke. "Where are you staying?"
Britta schaute sie fragend an.
"Where does your cousin live?"
"Oh, now I understand. My cousin lives close to Earl's Court", sagte Britta.
"Then you should go to Mornington Crescent, it's **a five-minute walk**. Take the Tube to Leicester Square and **change to the Piccadilly Line**."
"Yes, I remember we did that on our way here", sagte Britta. "Uhm, I mean we did it the **other way round**."

Die Frau lachte. "Yes, I know what you mean. **You're sure you'll be alright**?"
"Yes, I'm sure", bestätigte Britta und bedankte sich. Sie lief los in Richtung Mornington Crescent und überlegte dabei, ob man ihr in München auch so geholfen hätte. Aber vermutlich hätte sie in München nicht so hilflos ausgesehen.

---

a five-minute walk ein Weg von fünf Minuten
change to the Piccadilly Line steig um in die Piccadilly Line
the other way round andersherum
You're sure you'll be alright? Bis du sicher, dass du zurechtkommst?

Spielt Mr Fat falsch?

Britta hatte gehofft, Chris an der U-Bahn-Station Mornington Crescent zu treffen, aber er war nirgends zu sehen. Mit anderen Marktbesuchern wartete sie auf den Zug. Als dieser einfuhr, schwankte sie zwischen Einsteigen und Warten auf Chris, aber als sie Mrs Blue in der U-Bahn entdeckte, gab es keinen Zweifel mehr. Diese Frau forderte es ja geradezu heraus, verfolgt zu werden.

Britta suchte sich einen Platz und zog ihr Handy aus der Tasche. Zum Glück hatte Chris daran gedacht, ihr seine Handynummer zu geben. Sie wählte die Nummer.

"Where are you?", fragte sie, sobald Chris sich meldete.

"I'm still in Camden", erklärte Chris. "I've lost Mrs Blue, **however**. Where are you?"

"I'm sitting in the Tube. You won't believe who's here with me."

"Mrs Blue?", riet Chris.

"How did you know?"

"It was just a **wild guess**", lachte Chris. "Are you okay?"

"Yes, I'm okay", bestätigte Britta.

---

however aber
wild guess reine Spekulation

"Call me later, okay?", sagte Chris plötzlich und unterbrach die Verbindung.
Britta steckte ihr Handy ein und lehnte sich zurück. Sie hoffte sehr, dass Mrs Blue einfach nach Hause fahren würde. Auf lange Verfolgungen hatte sie wirklich keine Lust mehr. Aber auch Mrs Blue schien müde zu sein, denn sie saß mit geschlossenen Augen da. Wie erwartet, stieg sie am Leicester Square aus, doch anstatt zur Piccadilly Line zu gehen, strebte sie dem Ausgang zu.
"Oh no", stöhnte Britta und grinste, weil sie nun schon Englisch jammerte. Aber trotz ihrer Müdigkeit folgte sie Mrs Blue. Sie ließ sich mit der Rolltreppe nach oben transportieren und steckte routiniert ihre Fahrkarte in den Automaten, als habe sie ihr Leben lang nichts anderes gemacht.
Mrs Blue schien schon wieder eine Verabredung zu haben, denn sie lief relativ schnell und zielstrebig. Britta hatte keine Zeit, sich lange umzusehen. Als Mrs Blue ein Café betrat, zögerte sie. Was nun?
Kurz entschlossen zog sie ihr Handy aus der Tasche und wählte erneut Chris' Nummer.
"Hello?", meldete er sich. Er klang außer Atem.
"It's me again", sagte Britta. "I'm at Leicester Square. She's in a café."
"And you?"
"I'm waiting outside. What are *you* doing?", wollte sie wissen, weil Chris' Stimme so abgehetzt klang.

"I'll tell you later. Can you find your way home on your own?"
Britta hatte eigentlich gehofft, er würde sie hier treffen und sie könnten gemeinsam nach Hause fahren, aber ihr Cousin hatte offensichtlich andere Pläne.
"Well, yes, I can find my way home", sagte sie also. "I'll see you later."
"Wait!", rief Chris.
"What?" Zu spät fiel ihr ein, dass man das ja nicht sagte. Egal.
"We need to meet somewhere. I don't think Mum would like it if we came home **separately**."
Da musste Britta ihm recht geben. Ihre Tante würde Chris vermutlich furchtbar schimpfen.
"Let's meet at the post office", schlug sie vor. Das war genau gegenüber der U-Bahn-Station Earl's Court, da konnte man sich kaum verfehlen. "I need to go, Mrs Blue is coming."
Mrs Blue hatte sich nur einen **coffee to go** geholt und lief weiter, immer wieder an dem Becher nippend. Immerhin hatte sie es jetzt nicht mehr so eilig. Sie blieb vor Schaufenstern stehen, betrat auch mal ein Schuhgeschäft, kaufte jedoch nichts. Gerade als Britta beschloss, dass sie vermutlich niemanden mehr treffen würde, klingelte ihr Handy.

---

separately getrennt
coffee to go Kaffee zum Mitnehmen

"Hello?", sagte sie.
"Guess what", sagte Chris zur Begrüßung.
"I have no idea", erwiderte Britta, die keine Lust auf Ratespiele hatte.
"The other woman met the **guy** from Harrods, you know, the fat one", rief Chris mit triumphierender Stimme.
"But **that doesn't make sense**", sagte Britta verwirrt.
"I know. It doesn't make any sense at all, but that's how it is", rief Chris. "What's happening with you?"
"Nothing", erwiderte Britta wahrheitsgemäß, während sie Mrs Blue zum nächsten Shop folgte. "She's shopping."

"Urrgh", ertönte es aus ihrem Handy. Sie grinste.
"I know, women and shopping. Right?", foppte sie ihren Cousin.
"**Exactly**. Look, I'm getting really tired. Let's go home and **think it over**."
Britta stimmte nur zu gern zu. Sie winkte Mrs Blue hinterher und machte sich auf den Weg zur Tube.
Sie musste ein paar Minuten warten, bis Chris am Postamt auftauchte. Er war vollkommen aufgedreht und redete den ganzen Weg bis zur Wohnung.

---

guy Kerl
that doesn't make sense das ergibt keinen Sinn
exactly genau
think it over darüber nachdenken

"**Shut up**", sagte sie schließlich, denn sie konnte ihm schon lange nicht mehr folgen.
"Hey, **you're not supposed to** know words like that", protestierte Chris lachend.
"I know more such words **than you can imagine**", erwiderte Britta. "We learned them in school."
"Teachers!", rief Chris theatralisch. "They **ruin** everything."
Gut gelaunt, wenn auch ziemlich müde, kamen sie zu Hause an, wo bereits wieder frische Scones auf sie warteten.
"What did you do today?", wollte Tommy als Erstes wissen.
"We didn't go to the Museum", versuchte Britta ihn gleich zu besänftigen. "And I didn't bring you anything today", gestand sie.
Aber Tommy fand das nicht weiter schlimm, denn er hatte gute Nachrichten: "Look, my leg's okay now. So I can come with you tomorrow!", rief er aufgeregt.
Britta warf Chris einen verzweifelten Blick zu. Der verdrehte die Augen. "We'll see", murmelte er.
"You're stupid", rief Tommy beleidigt. "I hate you."

Shut up! Halt den Mund!
you're not supposed to du solltest nicht
than you can imagine als du dir vorstellen kannst
ruin zerstören

"Tommy", sagte Tante Anja warnend. "Don't start that again."

Aber Tommy war beleidigt und verzog sich heulend in sein Zimmer.

Nachdem Chris und Britta sich den Bauch mit Scones vollgeschlagen hatten, gingen sie in Chris' Zimmer, das ja jetzt Britta gehörte.

"Okay, let's think it over", begann Chris und machte Musik an, damit ein eventueller Lauscher an der Tür nichts mitbekam. "Mrs Blue **met** Mr Fat and handed something over to him."

"The red folder", warf Britta ein.

"Yes. And he gave her money **in exchange**", fuhr Chris fort.

"Later Mrs Blue met this other woman and handed something over to her as well", meinte Britta. "But she didn't get any money from her, did she?"

Chris schüttelte den Kopf. "At least I didn't notice anything. – Then **they part** and the other woman meets Mr Fat. They talk and then she hands over something to him. I wonder if it's the same thing she got from Mrs Blue."

"Why would she give something to Mr Fat? Mrs Blue could have given it to him **herself**", fragte Britta.

---

met hat getroffen
in exchange dafür
they part sie trennen sich
herself selbst

"That's exactly what I'd like to know", bestätigte Chris. "It doesn't make any sense."
Beide dachten eine Weile nach, kamen aber auf kein Ergebnis.
"**Unless** ...", begann Chris langsam.
"Yes?"
"Unless Mr Fat **is cheating**."
"What do you mean?", wollte Britta wissen.
"One of them is playing the other off against the third", versuchte Chris zu erklären. Aber Britta verstand nur Bahnhof.
"Sie spielen sich gegeneinander aus", sagte Chris auf Deutsch. "The question is who?"

---

unless es sei denn
is cheating betrügt

Treffpunkt Hyde Park

Am nächsten Morgen musste Tommy mit seiner Mutter zum Arzt, um seinen Fuß noch einmal begutachten zu lassen, was Chris und Britta sofort ausnutzten.

Auf dem Weg zum Haus, in dem Mrs Blue wohnte, sagte Britta: "**I feel really sorry for Tommy.** We should **spend some time with him**."

"Yes, I know", gab Chris zähneknirschend zu. "But sometimes he's just a nuisance."

"I don't think he's *so* bad", verteidigte Britta ihren kleinen Cousin. "You weren't any better when you were his **age**", sagte sie lachend zu Chris.

"That's not fair", klagte Chris. Dann grinste er und sagte: "**You weren't any better either**. You were just a **typical** girl."

"Pah", gab Britta zurück. "I'm **proud** to be a typical girl. I like shopping and dresses and all that stuff."

Sie waren vor dem Haus mit der Druckerei angelangt. Heute hatten sie ein Springseil mitgebracht.

I feel really sorry for Tommy. Tommy tut mir wirklich leid.
spend some time with him Zeit mit ihm verbringen
age Alter
You weren't any better either. Du warst auch nicht viel besser.
typical typisches
proud stolz

Am Abend vorher hatten sie noch lange überlegt, was zu tun sei, und hatten beschlossen, heute noch einmal Mrs Blue zu folgen; vielleicht würde sie sie ja auf eine neue Spur führen.

Während sie abwechselnd seilsprangen und sich Fantasiespiele ausdachten, überlegten sie, wie sie es anstellen könnten, mehr Informationen zu bekommen.

"We need to hear what they're saying", sagte Chris.

Britta stimmte im Prinzip zu, war aber skeptisch, was die Durchführung des Plans anging.

"How can we do that?", wollte sie wissen. "Shall we ask: Excuse me, but can we **join your meeting**?"

"No, of course not", meinte Chris. "**I don't know yet,** but we'll have to think of something. **Depends on the situation**."

Die gewünschte Situation kam schneller, als Chris erhofft hatte. Mrs Blue kam gegen halb elf aus dem Haus, ging wie jeden Morgen in den Zeitungsladen, um sich die Times zu kaufen, lief dann weiter zur U-Bahn und fuhr mit der Piccadilly Line bis Hyde Park Corner.

"She's almost giving me a tour of London", bemerkte Britta, als sie in gebührendem Abstand Mrs Blue in den Hyde Park folgten.

---

join your meeting bei Ihrem Treffen mitmachen
I don't know yet ich weiß noch nicht
Depends on the situation. Hängt von der Situation ab.

"She's just looking for crowded spots", widersprach Chris.
"Ah, you're such a typical boy, not romantic at all!", stöhnte Britta.
"I hope she won't start jogging. I hate jogging", sagte Chris.
Mrs Blue ging zwar sehr schnell, doch an Joggen schien sie nicht zu denken. Eine halbe Stunde führte sie sie kreuz und quer durch den Hyde Park, und Britta begann sich zu wundern, weshalb. Chris zuckte die Achseln, als sie ihn fragte.
"I don't know. Maybe she's looking for someone and can't find him."

In diesem Moment blieb Mrs Blue abrupt stehen und zog ihr Handy aus der Tasche.
"Maybe she's getting **instructions** now", mutmaßte Chris, und tatsächlich ging Mrs Blue gleich darauf wieder los, mit Britta und Chris im Schlepptau. Sie liefen jedoch nicht allzu weit, denn plötzlich ließ Mrs Blue sich auf einer Bank nieder. Chris und Britta versteckten sich hinter einem Busch.
"And now?"
"Let's wait and see", zischte Chris. Von links kam ein junger Mann, von rechts eine ältere Frau, doch beide liefen an der Bank vorbei. Dabei drehten sie

---

instructions Anweisungen

sich nach Britta und ihrem Cousin um, die hinter dem Busch hervorlugten.

"We need to hide somewhere else", sagte Britta. "People are looking at us."
"Let's hide in Hyde Park", reimte Chris.
Sie verließen ihr Versteck und setzten sich auf eine nahe Wiese. Nach gut zehn Minuten näherte sich ein nervös aussehender Mann. Er war extrem dünn und groß, sein Anzug war zu weit und kurz, was dazu führte, dass er wie eine Witzfigur aussah. Als er sich nach mehrmaligem Umschauen endlich neben Mrs Blue auf die Bank setzte, sagte Chris verächtlich: "Can't she meet normal people? This guy is so nervous, you would have to be really **dumb** not to notice him."

---

dumb blöd

"I would be nervous as well, if I were planning to do something illegal", sagte Britta.
"I wish I could hear what they're talking about." Chris rutschte unruhig auf der Wiese hin und her. "**I wish we'd brought the ball today.** "
"Well, we don't have the ball, so let's forget about it", schlug Britta vor. Manchmal ging ihr das Getue ihres Cousins auf die Nerven.
"What are you doing?", fragte sie gleich darauf, als Chris aufsprang.
"Stay here", sagte er. "I've got an idea."
Bevor Britta noch etwas sagen konnte, war Chris schon auf und davon. Für Bruchteile von Sekunden dachte sie daran, ihm zu folgen, doch dann blieb sie sitzen und beobachtete, wie er sich in weitem Bogen zur Rückseite der Bank schlich. In einiger Entfernung spielten ein paar Kinder mit ihren Eltern Fußball. Chris schlug plötzlich einen Haken und lief auf die Gruppe zu. Er diskutierte eine Weile, deutete dabei immer wieder in ihre Richtung, und bekam schließlich den Ball. Langsam trippelte er über die Wiese. Ein flüchtiger Beobachter hätte nur einen Jungen gesehen, der sich auf sein Ballspiel konzentrierte. Britta hingegen sah, dass Chris sich langsam, aber sicher der Bank näherte.

I wish we'd brought the ball today. Hätten wir doch heute den Ball mitgenommen.

“**Hurry up**”, murmelte sie beschwörend. Mrs Blue und der dünne Mann – Mr Thin? – saßen nun schon eine Weile zusammen. Allerdings hatten sie noch nichts ausgetauscht. Sie schienen sich zu unterhalten, wie man sich eben unterhält, wenn man gemeinsam auf einer Parkbank sitzt. Aber Britta war sicher, dass die beiden sich absichtlich getroffen hatten, dazu hatte Mr Thin sich viel zu auffällig verhalten.
Chris hatte sich an die Bank herangespielt und übte nun das Balancieren und Spielen auf dem Knie. Er war ungefähr fünf Meter von der Bank entfernt, und Britta bezweifelte, dass er irgendetwas verstehen konnte.
“Come on”, forderte sie die beiden Erwachsenen auf. “Mein Hintern schläft ein.”
Wie auf Kommando erhoben sich Mrs Blue und ihr Begleiter und gingen getrennte Wege. Völlig perplex sprang auch Britta auf und schaute Chris fragend an. Der hob nur die Schultern. Dann zeigte er mit dem Finger auf Mrs Blue und deutete Britta damit an, dass sie ihr folgen sollte.
Aber Britta hatte keine Lust, schon wieder hinter Mrs Blue herzulaufen. Sie schüttelte den Kopf und blieb mitten auf der Wiese stehen. Chris schoss den Ball zu der Gruppe zurück, rief ein lautes “Thanks a lot!”, und rannte dann zu Britta.

Hurry up! Beeil dich!

"What's the matter with you? Why aren't you following her?", wollte er atemlos wissen.
"It's boring to follow her", sagte Britta. "Did you hear anything?"
Chris schüttelte den Kopf. "No, I was still **too far away,** and **they weren't really talking, more whispering**. The only part I could understand was 'next Friday'. Whatever that means."
"Could mean anything", sagte Britta enttäuscht. Sie schaute sich um. Mrs Blue war Richtung Hyde Park Corner gegangen. Der dünne Mann entfernte sich in die entgegengesetzte Richtung.
"Let's follow Mr Thin", schlug sie vor. "He doesn't know us."

"Who's Mr Thin?", fragte Chris ratlos.
"The guy she just met", klärte Britta ihn auf und zeigte in die Richtung, in der der dünne Mann gerade hinter einer Wegbiegung verschwand.
"Ah", machte Chris. "Okay, let's follow him."
Sie rannten, bis sie ihr neues Opfer von Weitem sahen und hielten dann Abstand.
"Excellent name", lobte Chris.
Mr Thin war immer noch sehr nervös und drehte sich laufend um, als suchte er jemanden.

---

too far away zu weit entfernt
they weren't really talking, more whispering sie haben sich nicht wirklich unterhalten, sondern eher geflüstert

"Let's **keep our distance**", warnte Britta, als Chris schneller wurde. "He turns around so often, **he might recognise us**."
"He'll just see two kids", meinte Chris, aber er blieb an Brittas Seite. "What is he carrying under his arm?", wollte er plötzlich wissen.
"I have no idea", gab Britta zu. "He brought it with him when he came to meet Mrs Blue. Looks like a briefcase, but **a different one**. More like a bag than a box", versuchte Britta die Tasche zu beschreiben.
"Are you sure that they didn't **exchange** anything?", hakte Chris nach.
"Well, yes, I'm sure", bestätigte Britta nach reiflicher Überlegung. "At least I didn't see anything. Mrs Blue put her handbag on the bench, and then Mr Thin put his briefcase on the bench. There was no **folder** or **anything else** I could see. And she left with her bag, and he still has his briefcase." Britta stutzte plötzlich. "At least I think so. It's what anyone would think."
Chris blieb stehen und starrte dem dünnen Mann hinterher. "I think I have an idea", sagte er.

---

keep our distance Abstand halten
he might recognize us er könnte uns erkennen
a different one eine andere
exchange austauschen
folder Aktenordner
anything else sonst etwas

Eine heiße Spur

Bevor Britta nach der Idee fragen konnte, war Chris schon losgerannt.

"What idea?", rief sie, während sie versuchte, mit ihm Schritt zu halten. Chris wurde erst langsamer, als sie Mr Thin ein gutes Stück näher gekommen waren. Er blieb kurz stehen und hielt sich die Seiten.

"I need **to take more exercise**", grinste er schnaufend.

"What idea?", wiederholte Britta, der der Gesichtsausdruck ihres Cousins so gar nicht gefiel. Irgendetwas führte er im Schilde.

"Okay, listen", sagte Chris schließlich. "I'll **bump into him** as hard as possible. He'll **drop** his briefcase. You'll then pick it up and have a look inside. How does that sound?", wollte er stolz wissen.

"Stupid", entfuhr es Britta spontan. "That's a stupid idea. You can't be sure that he'll drop his briefcase. He's ..." Sie suchte nach dem richtigen Wort und hielt den Arm eng an den Körper gepresst, um Chris zu zeigen, was sie sagen wollte.

"Holding it **tightly**", kam er zu Hilfe.

---

to take more exercise mehr Sport treiben
bump into him ihn anrempeln
drop fallen lassen
tightly fest

"Yes, he's holding his briefcase very tightly. And even if he drops it, how shall I open it and look inside?"
"Yeah, I know it's not a very clever plan", gab Chris zu. "But if we don't **take the chance,** we'll never know if it works or not. Don't you think **it's worth a try**?"
Britta wollte den Kopf schütteln, aber dann erkannte sie, dass sie genauso wie Chris wissen wollte, was in der Tasche war.
"Okay, let's **give it a try**", sagte sie.
Der Zufall kam ihnen zu Hilfe, denn Mr Thin steuerte gerade auf einen sehr belebten Teil des Parks zu. Auf einer Wiese spielten mehrere Gruppen Fußball oder warfen sich Frisbeescheiben zu, auf einer anderen saßen Großfamilien und hielten ein Picknick ab.
"Perfect place", sagte Chris und rannte los. Britta lief ebenfalls etwas schneller, um näher an Mr Thin heranzukommen. Der schien etwas ruhiger geworden zu sein, denn er drehte sich nicht mehr so häufig um. Chris war in weitem Bogen um Mr Thin herumgelaufen und kam nun frontal auf ihn zu. Er hielt die Arme ausgebreitet und spielte Flugzeug. Jeder normale Mensch hätte sehen müssen, dass Chris für

take the chance es wagen
it's worth a try es ist einen Versuch wert
give it a try es ausprobieren

solch ein kindisches Spiel viel zu alt war, aber der dünne Mann achtete nicht auf ihn. Britta grinste, als sie die Brummgeräusche hörte, die Chris von sich gab. Tommy hätte seine Freude daran gehabt.
Dann ging alles ganz schnell. Chris prallte mit voller Wucht auf Mr Thin, der verzweifelt versuchte, seine Tasche festzuhalten. Aber Chris benutzte die Tasche als Rettungsanker und riss sie mit sich zu Boden. Nur Britta erkannte, dass er die Tasche von sich schleuderte. Sie lief zur Tasche, ganz aufmerksames Kind, das einem Erwachsenen helfen wollte, während Chris jammernd und sich das linke Bein haltend auf dem Boden lag.

Mr Thin war hin- und hergerissen. Er stand über Chris gebeugt und fragte ihn permanent, ob er sich etwas gebrochen habe, blickte aber immer wieder besorgt zu Britta, die seine Tasche in der Hand hielt. Oder vielmehr die Tasche von Mrs Blue. Die beiden hatten auf der Bank tatsächlich getauscht.
Britta schwitzte. Wie sollte sie die Tasche aufbekommen, ohne dass Mr Thin es bemerkte? Chris schien ihre Notlage mitzubekommen, denn er verstärkte sein Jammern.
"My leg, my left leg. It hurts so much", rief er weinerlich und krümmte sich auf dem Boden.
"Why didn't you look where you were going?", schimpfte Mr Thin, aber seine Stimme klang auch unsicher.

"May I help you?", ertönte eine tiefe Stimme hinter Britta, und als sie sich umdrehte, stand ein kräftiger Inder mit Turban hinter ihr. Das war die Chance!
"Yes, **Sir**", sagte sie in artigstem Ton. "This man has **knocked** my cousin **over**." Sie zeigte anklagend auf Mr Thin.
"But that's not true!", rief Mr Thin beinahe hysterisch. "He knocked *me* over. He was playing and not looking where he was going and ..."
Britta klinkte sich aus. Jetzt oder nie. Sie öffnete die Tasche und warf einen Blick hinein. Lauter Papier, welche Enttäuschung. Ein Seitenblick auf Mr Thin zeigte ihr, dass er immer noch damit beschäftigt war, dem Inder die Situation zu erklären. Schnell zog sie ein Stück Papier aus der Tasche, um zu sehen, was darauf stand. Es war vollkommen unbedruckt, aber es fühlte sich irgendwie komisch an. Dicker als normales Papier. Einem Impuls folgend, faltete sie das Papier und steckte es in ihre Hosentasche. Gerade rechtzeitig.
"What are you doing with my briefcase?", keifte Mr Thin sie an und entriss ihr die Tasche.
"Sorry, Sir", sagte Britta und hätte beinahe geknickst. "I only wanted to give it back to you. It was open, and I wanted to close it."

Sir *Anrede für Männer*
knocked ... over hat ... umgestoßen

"Keep your dirty fingers off it", bellte der dünne Mann und drückte die Tasche eng an sich, als wäre sie ein Baby.
"Maybe we should call the police", schlug plötzlich der Inder vor. Da wurde Chris aktiv.
"Oh no, that's not necessary. I feel much better." Zum Beweis stand er auf und humpelte ein wenig umher. "Yes, it's much better. I think it was just shock." Er schaute Mr Thin zerknirscht an. "I'm sorry, Sir, it was my **fault**."
"**Better watch out** where you're going next time", zischte Mr Thin und machte sich aus dem Staub.
"Are you sure you're okay?", wollte der Inder wissen.

Chris nickte. "Yes, I'm sure. Thanks for your help." Er ging zu Britta und hängte sich ein. "Let's go home."
Sie drehten sich um und gingen langsam weg. Als Britta sich nach einer Weile umdrehte, stand der Mann noch immer auf dem Weg und schaute ihnen nach. Sie winkte ihm zu. Endlich gab er auf und ging zu seinen Freunden zurück.
"You can walk normally again", sagte sie zu Chris.
"I wish I could", erwiderte er leise. "I'm hurt."
"What?", rief Britta ungläubig.

---

fault Schuld
better watch out pass besser auf

"Yes, I'm hurt. I fell on my knee. It hurts **like hell**."
Britta brachte ihren Cousin zur nächsten Bank, krempelte so gut es ging seine Jeans hoch und sah sich das Knie an.
"Eine Schürfwunde", sagte sie fachmännisch. "I have no idea what this means in English."
"Graze", sagte Chris und stöhnte, als Britta die Umgebung der Wunde abtastete.
"You should see a doctor", sagte sie.
"**No way**. Let's go home. Mum has got an **ointment for wounds**, that should be enough."
Keine Widerrede half, und so liefen sie schließlich Richtung U-Bahn-Station. Britta stützte Chris, so gut es ging. Tante Anja und Tommy waren nicht zu Hause, also suchte Britta im Bad nach einem Desinfektionsmittel und Verbandszeug und versorgte ihren Cousin.
"My **battle wound**", grinste Chris, als er mit dickem Verband auf dem Bett lag.
"Don't be stupid", sagte Britta. "**It's nothing to joke about.** I still think you should go and see a doctor."
"No, I hate doctors", meinte Chris.

---

like hell wie die Hölle, *hier:* Es tut schrecklich weh.
No way! Bloß nicht!
ointment for wounds Wundsalbe
battle wound Kriegsverletzung
It's nothing to joke about. Darüber macht man keine Witze.

"You're not afraid, are you?", hänselte Britta ihn.
"Of course not", erwiderte Chris entrüstet, aber es klang nicht sehr überzeugend.
Britta räumte das Verbandszeug weg und setzte sich dann zu Chris. Als sie sich beugte, raschelte etwas in ihrer Hosentasche.
"Oh, I **completely** forgot about this", sagte sie und zog das Stück Papier heraus. Sie reichte es Chris, der im ersten Moment ebenso enttäuscht war wie sie, als sie in die Tasche geschaut hatte.
"What's that?", fragte er überflüssigerweise.
"Paper?", schlug Britta ironisch vor.
"I know it's paper", gab Chris ungeduldig zurück. "But what kind of paper?"
"I don't know. Maybe we should've asked Mr Thin."
"Ha ha", sagte Chris. Er befühlte das Papier.
"It's **a special kind of paper**", meinte er schließlich. Britta gab ihm recht.
"I've seen this kind of paper before." Er zerriss das Papier und reichte Britta eine Hälfte. "It looks **familiar**, don't you think?"
Britta rieb das Papier zwischen den Fingern. Ja, es fühlte sich sehr vertraut an, wie …
"Money!", rief Chris plötzlich.

---

completely völlig
a special kind of paper eine besondere Sorte Papier
familiar bekannt

Green Mews

"Money?", fragte Britta ungläubig.
"Yes. I'll show you." Chris humpelte hinaus und kam kurze Zeit später wieder zurück. In der Hand hielt er ein paar Pfundnoten, die er Britta entgegen hielt. Sie nahm eine Note und das Stück Papier aus Mr Thins Aktentasche und verglich sie. Es stimmte schon, es fühlte sich ähnlich an, aber es war nicht dasselbe Papier. Sie schüttelte den Kopf.
"No, it's not the same kind of paper", sagte sie.
Chris wollte ihr nicht glauben, machte selbst den Test, musste dann aber zugeben, dass sie recht hatte.
"I was so sure about it."
Nachdenklich schweigend saßen die beiden eine Weile da.
"Maybe you have right", meinte Britta plötzlich.
"You *are* right", verbesserte Chris automatisch, bevor er den Sinn des Satzes erkannte. "Why?" Neugierig schaute er Britta an.
Britta kramte in ihrem Rucksack und holte einen kleinen Lederbeutel heraus. Sie öffnete ihn und zog ein paar winzig zusammengefaltete Scheine heraus.
"Try these", sagte sie und hielt einen davon ihrem Cousin hin. "Euros, not pounds."
Sie testeten lange und immer wieder, um jeden Zweifel auszuschließen, aber schließlich einigten sie

sich darauf, dass das Papier aus Mr Thins Tasche identisch war mit dem, auf dem die Euroscheine gedruckt wurden.

"I **thought** it wasn't so easy to forge Euros", meinte Chris.

"Forge?"

"Fälschen", erklärte Chris nachdenklich.

"What?", wollte Britta schließlich wissen. Er schien mit den Gedanken ganz woanders zu sein. Erst als sie drängte, sagte er: "Where does Mrs Blue live?"

"Well, in this house, on the fourth floor", sagte Britta artig.

"And what's on the ground floor?"

Britta ging ein Licht auf. "Eine Druckerei!", rief sie aufgeregt.

"Yes, a print shop", bestätigte Chris. "I think we should have a look inside."

"A look? Where?", fragte Britta ratlos.

"Inside the print shop, of course."

"You're crazy." Schon die Idee mit Mr Thins Tasche war verrückt gewesen, auch wenn Britta zugeben musste, dass sie funktioniert hatte. Aber in die Druckerei gehen? Nein, das war kompletter Unfug. Aber Chris war schon wieder Feuer und Flamme für seine Idee.

"Listen, it's easy", versuchte er sie zu überzeugen.

---

thought dachte

"We go there and I ask them to print **invitation cards** for my birthday party. We're just two stupid kids who want to **throw a party.** No, we're rich kids and we need special invitation cards. Not the ordinary ones you can buy in any supermarket."

Britta verdrehte die Augen. Manchmal war Chris komplett verrückt. "You're crazy", wiederholte sie. "I'm not going to the print shop."

"Oh yes, you are", sagte Chris. "Because it's *your* party. **You've moved** to this **area recently** and now you're throwing a party to meet new friends."

Britta sah ihren Cousin an, als sei er von allen guten Geistern verlassen. **"I won't talk to you anymore"**, sagte sie schließlich.

"Come on", bettelte Chris. "We've found out so much in the meantime, **we should follow this through to the end**."

"I hate you", sagte Britta, konnte sich aber ein Grinsen nicht verkneifen.

---

invitation cards Einladungskarten
throw a party eine Party geben
you've moved du bist umgezogen
area Gegend
recently vor Kurzem
I won't talk to you anymore. Mit dir rede ich kein Wort mehr.
we should follow this through to the end wir sollten das hier zu Ende führen

"Yes, I know", grinste Chris zurück. "You'll see, it'll be no problem at all."
"But your knee is hurt", warf Britta ein.
"No, it's okay. I can walk easily." Wie zum Beweis stand er auf und lief auf und ab. Britta sah sein schmerzverzerrtes Gesicht, sagte aber nichts. Sie würde ihn sowieso nicht davon abbringen können.
"But no **risk**, okay?", bestimmte sie.
"No risk, I promise", versicherte Chris eifrig und hielt drei Finger der rechten Hand hoch.
Während Chris in seine Jeans schlüpfte, schrieb Britta einen Zettel für ihre Tante. Sie sollte nicht glauben, sie würden sich den ganzen Tag nur herumtreiben.

"Ready?", fragte Chris ungeduldig.
"Yes, I'm ready", bestätigte Britta.
Es dauerte eine Weile, bis sie die Seitenstraße erreichten, in der Mrs Blue wohnte. Chris' Knie schien höllisch weh zu tun, aber er sagte keinen Ton, lief nur mit zusammengepressten Lippen neben Britta her. Jungs sind manchmal ganz schön blöd, dachte sie.
Unschlüssig standen sie eine Weile vor dem Haus, bis Chris endlich sagte: "Let's go. Maybe they have **nothing to do** with Mrs Blue. Maybe it's just a **coincidence** that she lives here."

---

risk Risiko
nothing to do nichts zu tun
coincidence Zufall

Sie betraten den Hauseingang und liefen zu der Stahltür, bei der sie sich schon einmal vor Mrs Blue versteckt hatten.
"That's funny", bemerkte Chris.
"What?" Britta konnte nichts Lustiges an dieser Situation entdecken. Ihr Herz klopfte bis zum Hals.
"There's no **bell button**. I guess we'll have to **knock**."
"Maybe it's the wrong door", schlug Britta vor.
"Maybe they have something to hide", erwiderte Chris ironisch. Er klopfte.
Beide hielten den Atem an, doch nichts tat sich. Chris klopfte noch einmal, aber wieder rührte sich nichts, obwohl man deutlich das Stampfen der Maschinen hören konnte.
"They can't hear us", sagte Britta schließlich. "The machines are too loud."
"Clever girl", lobte Chris. "I think you're right. There must be another door. But it's **weird** to have the sign here and no bell button."
Sie verließen das Haus und machten sich auf die Suche nach einem zweiten Eingang.
"This is a funny street", sagte Britta, als sie an einer winzigen Seitenstraße vorbeikamen. Eigentlich war

bell button Klingelknopf
knock klopfen
weird seltsam

es eine Sackgasse. Auf dem Torbogen, der in die Straße hineinführte, stand Green Mews.
"What does Green Mews mean?", wollte sie wissen.
"It's the name of the street. Mews are **former horse stables**", erklärte Chris. "The rich people lived **in the houses on the front side**, with nice **facades** so **everybody** could see how much money they had. The **servants** lived on the **top floor** of the house or at the back to **take care** of the horses and **coaches**. In some mews you can still see this: The rooms of the **ground floor** are **huge.** They **used to be** the stables.
Britta fand das höchst interessant. Sie lief in die kleine Straße hinein. Plötzlich kam ihr eine Idee.
"Is it **possible** that there's a **connecting door** between the houses?", wollte sie wissen.

---

former ehemalige
horse stables Pferdeställe
in the houses on the front side in den Vordergebäuden
facades Fassaden
everybody jeder
servants Dienerschaft
top floor Dachgeschoss
take care sorgen für
coaches Kutschen
ground floor Erdgeschoss
huge riesig
used to be waren früher
possible möglich
connecting door Verbindungstür

Chris schlug sich an die Stirn. “It’s not only possible, it’s very probable”, sagte er. “You’re brilliant.”
“No, I’m not”, wehrte Britta ab, reckte aber gespielt-geziert den Kopf in die Höhe. “It was your perfect **explanation**.”
“Let’s have a look.”
Sie schauten sich die kleinen Häuser genau an. Sie waren alle renoviert und hatten einen farbigen Anstrich, was der kleinen Straße ein buntes und vergnügtes Aussehen gab.
“Must be nice to live in such a house”, mutmaßte Britta.
“I don’t know. I don’t think the houses are very **comfortable**”, gab Chris zu bedenken.
Sie standen am Ende der Straße und hatten keinen Hinweis auf die Druckerei gefunden.
“I’m afraid you were wrong”, sagte Chris, als Britta den Finger an die Lippen legte und “Psst” machte.
“Listen”, flüsterte sie.
Tatsächlich: Es war kaum wahrnehmbar, aber man hörte das rhythmische Klopfen von Maschinen.

---

explanation Erklärung
comfortable bequem

In die Höhle des Löwen

Sie schlichen sich nah an die Häuser heran und versuchten herauszufinden, woher das Geräusch kam. Britta hoffte inständig, dass keiner sie beobachtete, da sie sich mehr als verdächtig verhielten. Aber alles blieb ruhig. Chris blieb vor einem blauen Haus stehen.

"It's loudest here", sagte er. Er rüttelte an der Tür, die jedoch fest verschlossen war. Kein Schild wies auf die Druckerei hin.

"Can I help you?", sagte da plötzlich eine weibliche Stimme hinter ihnen. Britta und Chris schossen herum. Vor ihnen stand nicht, wie Britta befürchtet hatte, Mrs Blue, sondern eine ältere Frau, bepackt mit Tüten aus dem Supermarkt. Chris ergriff sofort die Initiative.

"Oh, good afternoon, Madam", sagte er höflich. "I'm sorry, we didn't want to **snoop around**. My cousin here …", er deutete auf Britta, die sofort ein Lächeln auf die Lippen zauberte, "… is from Germany and she's never seen a real mews. **I've just explained to her** that …"

"We don't like **nosy** children", fuhr ihm die Frau

---

snoop around herumschnüffeln
I've just explained to her Ich habe ihr gerade erklärt
nosy neugierig

unfreundlich dazwischen. “You’ve shown it to her, now leave!”
“Yes, Ma’m, of course”, sagte Chris und deutete einen Diener an. “We’re sorry.”
Sie verließen die kleine Gasse so schnell wie möglich. Chris murmelte etwas, was verdächtig wie ein Fluch klang.
“What did you say?”, fragte Britta.
“Nothing for your ears”, gab Chris zurück.
“That’s not fair”, beklagte Britta sich. “I’ll never learn the **dirty words**.”
“Oh, you’ll learn them soon enough. But Mum’ll kill me if I teach you bad words.”
“I won’t tell”, versprach Britta, aber Chris ließ sich nicht erweichen. Sie beratschlagten kurz, was sie jetzt machen sollten. Beide waren sich einig, dass es in dem Gässchen einen Zugang zur Druckerei geben musste. Vielleicht gehörte die ältere Frau sogar zu der Bande und war deshalb so unfreundlich gewesen.
“Let’s go home and think it over”, schlug Chris vor. “I need to sit down **anyway**. My knee hurts like hell.”
Als sie vor dem Haus der Blakes standen, musste Britta noch einmal hoch und heilig versprechen, ihrer Tante nichts von Chris’ verletztem Knie zu sagen.

---

dirty words Schimpfwörter
anyway sowieso

"It's not right", sagte sie. "But I promise."
Tommy erwartete sie mit der freudigen Nachricht, dass sein Fuß wieder komplett in Ordnung sei und sie nun ins Museum gehen könnten. Als Chris ihm sagte, dass sie für den nächsten Tag bereits andere Pläne hätten, diese aber nicht verraten wollten, sagte Tommy: "I hate you."
"Sounds familiar", murmelte Chris und ließ sich auf einen Stuhl fallen. Britta lenkte ihren kleinen Cousin ab, indem sie sich alle Details über seinen Besuch beim Arzt erzählen ließ. Sie verstand nicht alles, denn Tommy erzählte nicht nur schnell, sondern auch etwas wirr, aber Hauptsache, er war erst einmal abgelenkt.

Als Onkel Jonathan beim Abendessen von Britta wissen wollte, was sie den ganzen Tag gemacht hätten, sagte sie wahrheitsgemäß, dass sie im Hyde Park gewesen seien. Sie beschrieb ausführlich Blumenbeete und spielende Kinder, in der Hoffnung, ihr Onkel würde das Interesse verlieren. Tatsächlich kam er bald auf seine Lieblingsbeschäftigung während des Abendessens: Die Kinder mussten die Hauptstädte der Welt erraten.
"What's the capital of Germany?", fragte er.
"That's easy", erwiderte Britta. "Berlin."
"The capital of France?"
"Paris", antworteten Tommy und Chris gleichzeitig.
Als Britta endlich im Bett lag, schossen ihr tausend

Hauptstädte durch den Kopf. Nachts träumte sie von Plakaten, auf denen "1 Euro für Berlin" stand und die so riesig waren, dass sie nicht in eine Straße passten.

Am nächsten Morgen hatten sie einen quengelnden Tommy am Hals.

"Why don't you take him with you?", wollte Tante Anja wissen. "He's your brother."

"I know he's my brother. **He reminds me** of it every **bloody** day", knurrte Chris.

"**Watch your language,** Christopher!", warnte seine Mutter.

"Sorry."

Britta versuchte, Tante Anja abzulenken.

"We'll take him with us tomorrow, okay?", sagte sie. "It's just not ..." Hilfe suchend wandte sie sich an Chris.

"Convenient? Passend?", schlug er vor.

"Yes, thanks. It's just not convenient today", beendete sie den Satz.

"You're a perfect team", meinte Tante Anja bewundernd. Aber sie ließ sich nicht lange von dem guten Zusammenspiel zwischen Britta und Chris ablenken.

"Why isn't it convenient today? **What's going on?**", fragte sie misstrauisch.

---

he reminds me er erinnert mich
bloody *hier:* verdammten
watch your language pass auf, was du sagst
What's going on? Was wird hier gespielt?

Britta warf ihrem Cousin einen fragenden Blick zu. Lass dir mal was einfallen, bat sie in Gedanken. Und tatsächlich, Chris hatte eine Idee: "We wanted to go to Madame Tussaud's today. You said yourself the other day that it wouldn't be interesting for Tommy."

Seine Mutter schaute immer noch argwöhnisch, aber sie konnte diesem Argument nichts entgegensetzen.

"Why don't I believe you?", sagte sie seufzend.

"I don't know", erklärte Chris mit Unschuldsmiene.

"We aren't doing anything bad", mischte Britta sich ein.

"I really hope so", meinte Anja. "Otherwise your father will kill me."

Ach, der ist Kummer gewöhnt, dachte Britta.

"No Tommy today, okay?", sagte Chris.

"Okay", stimmte seine Mutter schweren Herzens zu. "But tomorrow you'll go with him to the Museum, **is that understood**?"

"Yes, Mum."

Natürlich gab es Geschrei und Gezeter, als Tommy erfuhr, dass er schon wieder nicht mitdurfte, aber es half nichts: Britta und Chris verließen das Haus allein.

Der Zustand von Chris' Knie hatte sich über Nacht nicht wesentlich gebessert, und so kamen sie nur langsam voran.

---

is that understood habt ihr mich verstanden

"You should go see a doctor", sagte Britta zum wiederholten Male.
Aber Chris blieb stur. "It's nothing", sagte er und verzog das Gesicht.
Als sie in die Straße einbogen, in der sich die Druckerei befand, sahen sie einen Lieferwagen vor dem Haus stehen.
"This might be our chance", flüsterte Chris aufgeregt, obwohl ihn niemand außer Britta hören konnte. "Maybe the **steel** door is open."
Sie schlichen sich an den Lieferwagen heran und versteckten sich hinter ihm auf der Straßenseite. Zwei Männer in blauen Overalls rollten große Tonnen in das Haus hinein.
"Colour?", fragte Britta.
"I think so, **though** it's called ink", sagte Chris. "We need **to enter the house**."
Britta hatte für den Bruchteil einer Sekunde das Bild eines Piratenschiffes vor Augen, das das Haus enterte. Manchmal war der Vergleich der beiden Sprachen witzig. Aber sie hatte keine Zeit mehr, darüber nachzudenken, denn Chris war schon vorgelaufen. Schnell rannte sie hinterher, aber ihr Cousin war nirgends zu sehen.

---

steel Stahl
though aber
to enter the house ins Haus gehen

“Chris?”, flüsterte sie voll Panik.
“Up here”, rief er ihr vom ersten Stock aus zu. Sie lief gerade noch rechtzeitig die Treppe hoch, bevor die beiden Männer aus der Druckerei kamen.
“The door’s open”, flüsterte Chris ihr zu. “As soon as they leave the house, we’ll go in.”
Gesagt, getan: Die Männer waren kaum zur Haustür hinaus, als Chris die Treppe hinunterrannte und durch die Stahltür am Ende des Korridors schoss. Britta lief hinterher. Sie befanden sich in einem langen, grauen Gang.
“And now?”
Chris zuckte mit den Achseln und schlich vorsichtig weiter. Das Stampfen der Druckmaschinen war deutlich zu hören.
“This way”, sagte Chris und deutete nach vorn.
Britta warf einen Blick zurück. Von dort kamen schon wieder die beiden Lieferanten mit einer Tonne.
“Okay, that way”, stimmte sie zu und folgte ihrem Cousin. Der Gang führte unvermutet in einen gigantischen Raum, in dem riesige Druckmaschinen standen. Ein stechender Geruch lag in der Luft und raubte ihnen für ein paar Sekunden den Atem. Der Lärm war ohrenbetäubend.
Rechts von ihnen befand sich eine Tür. Chris lief auf sie zu, Britta folgte. Sie stießen die Tür auf und waren erleichtert, als sich herausstellte, dass der angrenzende Raum leer war.

So viel Geld

Chris schloss die Tür und presste sein Ohr dagegen.
"The machines are too loud, I can't hear anything."
Britta lehnte sich ebenfalls dicht an die Tür, aber tatsächlich konnte man nur das Stampfen der Druckmaschinen hören. Nein, da war noch ein anderes Geräusch … nicht so rhythmisch, dumpfer und kratzender … natürlich, das mussten die Männer mit den Farbfässern sein.
"We need to get out", sagte sie tapfer. Chris nickte nur. Er war blass und schwitzte. Britta bekam einen Riesenschreck.
"What's wrong?", wollte sie wissen.
Chris deutete auf sein Knie und verzog das Gesicht. Britta wollte ihn schimpfen, aber das half jetzt auch nichts. Erst einmal mussten sie aus dieser Druckerei wieder heraus.
"I'll go outside and have a look and you **stay** here, okay?", bestimmte Britta. Chris wollte protestieren, aber sein Knie tat offensichtlich so weh, dass er nur noch nickte.
Britta öffnete die Tür einen Spalt weit, um zu sehen, ob die Luft rein war. Als sie niemanden sehen konnte, schob sie die Tür so weit auf, dass sie gerade eben

---

stay bleibst

durchschlüpfen konnte. Ihr Herz klopfte wie wild, und das Geräusch vermischte sich mit dem Stampfen der Druckmaschinen. Da immer noch niemand zu sehen war, rannte Britta geduckt neben eine der Maschinen und versteckte sich dort schnaufend. Sie wollte gerade zur nächsten Maschine laufen, als sie jemand anstupste. Erschrocken drehte sie sich um. Chris stand dämlich grinsend hinter ihr.
"What are you doing here? Why didn't you stay in the other room?", fragte sie wütend und versuchte sich zu beruhigen.
"I didn't want to leave you alone", sagte Chris.
Britta vermutete, dass er eher Angst hatte, alleine in dem Raum zu bleiben, aber sie sagte nichts, denn ihr wäre es genauso gegangen. Sie zeigte nach vorne und deutete mit den Fingern Laufbewegungen an. Chris nickte. Hand in Hand liefen sie weiter. Wenigstens waren bei dem Lärm ihre Schritte nicht zu hören.
"We should try to find something they've printed", flüsterte Chris bei ihrer nächsten Pause.
"Do you really think they would print during the day?" Britta konnte das nicht glauben. Verbotenes machte man doch besser bei Dunkelheit.
"I don't know but we should try **anyway**", meinte Chris.
"Okay. I don't know if I'm right, but I think some-

---

anyway trotzdem

thing's coming out of the third machine. **Let's check it out**."

Sie schlichen weiter und kamen unbehelligt an der besagten Maschine an.

"Look at this!", rief Chris aufgeregt.

Britta starrte ungläubig auf die großen bedruckten Bögen mit den 100-Euro-Noten darauf, die die Maschine im Sekundentakt ausspuckte. So viel Geld auf einem Haufen. Sie versuchte hochzurechnen, wie viel das sein könnte, aber der Lärm und ihre eigene Anspannung verhinderten die einfachste Multiplikation.

"Must be millions", sagte Chris.

"**Freeze**!", erklang da eine äußerst unangenehm klingende Stimme hinter ihnen.

Britta und Chris fassten sich spontan an der Hand und drehten sich langsam um. Vor ihnen stand ein riesiger Mann mit einem Körper wie ein Bodybuilder. Sein Kopf war kahlrasiert, er trug Army-Kleidung und schwere Stiefel und machte einen äußerst unsympathischen Eindruck.

"**What the hell** are you doing here?", donnerte er sie an.

Chris trat mutig einen Schritt vor.

Let's check it out. Das sehen wir uns genauer an.
Freeze! Keine Bewegung!
what the hell was zum Teufel

"I'm sorry, Sir, but my cousin and I wanted to ask if you could print invitation cards for a party. See, we are looking for special cards and we thought …"
"Does it look like we print cards for parties?", unterbrach der Mann ihn rüde.
"Wwwell, I I I dddon't know, Sssir", stotterte Chris.
"But you print money for the casino, so why don't you print cards for parties?", mischte Britta sich ein.
"Money for the casino?", fragte der Riese ratlos. Dann ging ein Grinsen über sein Gesicht. "Oh, I see. You mean …"
"What's going on here?", ertönte da eine weibliche Stimme.

Britta wusste schon, wem sie gehörte, bevor die dazu gehörende Frau hinter einer der Maschinen auftauchte: Mrs Blue. Jetzt war alles aus.

Aber Mrs Blue warf nur einen kurzen Blick auf sie und Chris und wandte sich dann an den Bodybuilder: "**What's this supposed to mean**? What the hell are these kids doing here?"

Der Reaktion des Mannes nach zu schließen, war Mrs Blue so etwas wie der Boss.

"I don't know, Ma'am, **I was about to find out myself**."

"Take them to the **office** and we'll see." Sie drehte sich um und ging weg.

Britta konnte kaum glauben, dass Mrs Blue sie nicht erkannt hatte. Sie hatte sie schon so oft gesehen: im Flugzeug, in der Tube, vielleicht auch im Hyde Park. Das war doch eigentlich nicht möglich.

"Okay, kids, **get moving**", befahl der Bodybuilder und winkte sie mit einer barschen Handbewegung in die Richtung, in der Mrs Blue verschwunden war.

"Kannst du rennen?", fragte Britta ihren Cousin leise, in der Hoffnung, dass der Typ hinter ihnen kein Deutsch verstand.

What's this supposed to mean? Was soll das bedeuten?
I was about to find out myself. Ich war gerade dabei, das selbst herauszufinden.
office Büro
get moving bewegt euch

"Nein, ich glaube nicht. Mein Knie tut echt weh", gab Chris zurück. "Ich kann Mr Body nicht ausstehen", murmelte er noch.
Britta musste trotz – oder wegen? – ihrer Anspannung kichern.
"Shut up and **keep moving**", rief es hinter ihnen.
Sie befanden sich am Fuß einer Stahltreppe, die zu einem Büro im ersten Stock führte. Vermutlich hatte jemand sie von da oben aus entdeckt.
"Up, up", befahl Mr Body.
Britta setzte einen Fuß auf die Treppe, als Chris neben ihr plötzlich laut stöhnte. Erschrocken drehte sie sich nach ihm um. Obwohl er ein schmerzverzerrtes Gesicht zog, zwinkerte er ihr zu. Britta verstand. Sie begann den Mann hinter ihnen laut zu beschimpfen. Er starrte sie fassungslos an.
Mrs Blue erschien am oberen Ende der Treppe und rief: "What's going on? Why aren't you bringing them up?"
"I, they, I …", stotterte Mr Body. Mrs Blue kam die Treppe herunter, auf deren unterster Stufe mittlerweile Chris saß und sich das Knie hielt.
"What's the matter, Hank? **Aren't you able to handle two kids?**", fragte Mrs Blue.

---

keep moving bewegt euch weiter
Aren't you able to handle two kids? Wirst du nicht mal mit zwei Kindern fertig?

"Yes, no, I mean, I'm …" Hank war offensichtlich sprachlos.
"**He kicked my knee**", ließ Chris sich weinerlich vernehmen.
Mrs Blue fuhr herum. "What?"
"He kicked me, and now my knee hurts", wiederholte Chris langsam und deutlich.
"But, but that's not true", widersprach Mr Body und wirkte auf einmal gar nicht mehr so Furcht einflößend. Beinahe tat er Britta leid. Dennoch sagte sie: "Yes, he kicked my cousin."
"Stupid **bastard**", zischte Mrs Blue ihn an. "Bring them up, but **without** killing them." Sie drehte sich um und begann die Treppe hochzusteigen.
"Chris, Britta, are you here?", ertönte da eine zaghafte Kinderstimme.
"Tommy?", sagten Chris und Britta gleichzeitig und schlugen sich dann im selben Augenblick die Hand vor den Mund.

He kicked my knee. Er hat mir gegen das Knie getreten.
bastard Scheißkerl
without ohne

Ausgerechnet Tommy

Mrs Blue hielt inne, drehte sich um und schaute suchend durch den großen Raum.
"Who was that?", wollte sie von Chris und Britta wissen.
Während Britta nur mit den Schultern zuckte, sagte Chris leise: "My little brother, Tommy. **Don't hurt him."**
"We don't hurt children", zischte Mrs Blue wütend. "Even if they do snoop around. – Just bring them up", kommandierte sie Mr Body.
Er scheuchte Chris und Britta die Treppe hoch und schob sie in das Büro, schloss die Tür und sagte ihnen, sie sollten sich setzen. Dank des großen Fensters hatte man den perfekten Überblick über die gesamte Druckerei. Außerdem schien es eine gute Lärmdämmung zu geben, denn die Maschinen waren hier oben kaum zu hören. Britta ging sofort zum Fenster; der Anblick der Druckmaschinen war so faszinierend, dass sie sich kaum sattsehen konnte. Sie suchte nach Tommy, aber er war nirgends zu sehen.
"**What are you going to do with us**?", wollte Chris wissen.

Don't hurt him. Tun Sie ihm nichts.
What are you going to do with us? Was haben Sie mit uns vor?

"Don't know", brummte Mr Body.
"Are you going to kill us?", bohrte Chris weiter.
"We don't kill people", kam die Antwort, die aber nicht sehr überzeugend klang.
Ein unangenehmer Schauer überkam Britta, trotzdem blieb sie am Fenster stehen. Was von unten wie eine endlose Maschine ausgesehen hatte, bekam von oben nun einen Sinn: Eine Reihe von Maschinen druckte die Bögen, eine andere nahm sie auf und schnitt sie in handliche Bündel, die von einer dritten in einen Karton sortiert und verpackt wurden.
Mrs Blue lief zwischen den Maschinen herum, offensichtlich auf der Suche nach Tommy. Britta hoffte inständig, dass er es aus der Druckerei geschafft hatte. Vielleicht würde er ja die Polizei rufen, dann wären sie gerettet. Aber gerade, als sich so etwas wie ein winziger Hoffnungsschimmer in ihr ausbreiten wollte, sah sie einen Schatten neben einer der Maschinen. Ja, es gab keinen Zweifel, es war Tommy.
Verdammt, warum war er ihnen nur gefolgt? Wenn ihnen nicht bald etwas einfiel, nahm dieses Abenteuer einen bösen Ausgang.
"Sit down", befahl Mr Body, und diesmal gehorchte sie. Sie wollte nicht mit ansehen, wie Mrs Blue Tommy fand.
Doch kurze Zeit später erschien Mrs Blue schnaufend in der Tür – ohne Chris' kleinen Bruder. Britta

warf ihrem Cousin einen kurzen Blick zu. Er schien genauso erleichtert wie sie.

Mrs Blue flüsterte Mr Body etwas zu, woraufhin dieser die Treppe hinunterpolterte. Sobald die Tür aufging, ertönte Maschinenlärm.

"And stop the machines, for Christ's sake", rief Mrs Blue ihm wütend hinterher. Sie stieß die Tür mit dem Fuß zu.

Britta schluckte. Hoffentlich war Tommy mittlerweile draußen.

Plötzlich herrschte tiefes Schweigen; Mr Body hatte die Maschinen abgestellt. Die Minuten verstrichen. Britta hatte so viele Fragen, aber sie konnte sie ja schlecht Mrs Blue stellen. Vor allem würde das ihre Situation erheblich verschlechtern, wenn sie wissen wollte, wer Mr Thin war und welche Rolle diese andere Frau spielte und warum sie sich mit Mr Fat getroffen hatte.

Britta musste wider Willen kichern. Wenn sie hier jemals heil herauskommen würden, könnten sie der Polizei exakte Angaben machen. Mr Thin, Mr Fat, Mr Body, Mrs Blue. Und für die Frau in Camden hatten sie noch nicht einmal einen Tarnnamen.

Auf der Treppe ertönten schwere Schritte. Britta hielt den Atem an. Ihr entfuhr ein tiefer Seufzer, als Mr Body allein in der Tür erschien.

"Where's the kid?", wollte Mrs Blue auch sofort wissen.

"The little **rat**", fluchte Mr Body und hielt seine linke Hand hoch. Blut tropfte aus einer Wunde. Tommy hatte ihn entweder gekratzt oder gebissen.
"Good boy", flüsterte Chris kaum hörbar.
"Don't tell me you haven't **caught** him!" Mrs Blue war außer sich vor Wut. Wütend klopfte sie mit dem Finger an Mr Bodys Stirn. "Is there anything inside your stupid head?"
Mr Body ließ zerknirscht den Kopf sinken und hielt sich die Hand. Mrs Blue griff zum Telefon und tippte eine Nummer ein.
"It's me", sagte sie nur, als sich jemand meldete. "We've got a problem."
Sie lauschte der Stimme am anderen Ende der Leitung, sagte dann: "Yes, I'll do that", und legte auf. "I'll be back in a minute", sagte sie zu Mr Body und verließ das Büro. Der Boden vibrierte leicht, als sie die Treppe hinunterstieg.
"We need to know what's going on", flüsterte Chris.
Britta nickte. Mr Body schien vollauf mit seiner Hand beschäftigt zu sein. Sie blickte ihren Cousin fragend an. Der machte eine sägende Handbewegung entlang seiner Kehle und deutete mit dem Kopf in Richtung Mr Body. Britta erschrak. Was meinte er damit?

---

rat Ratte
caught gefangen

Chris schaute sich suchend um und zeigte schließlich auf einen Locher, der auf dem Schreibtisch stand. Er war schwer und massiv. Mit einer winzigen Handbewegung deutete Chris an, was er meinte: Der Locher musste auf Mr Bodys Schädel.
Britta schüttelte den Kopf. Nein, das würde sie sicher nicht machen. Chris zuckte mit der Schulter und machte ein fragendes Gesicht. Britta wusste keine andere Lösung. Aber musste es denn gleich Gewalt sein? Immerhin hatte man ihnen bisher nichts getan. Sie hielt den Atem an, als Chris vorsichtig aufstand und sich zum Schreibtisch schlich. Er nahm den Locher und wog ihn für ein paar Sekunden in der Hand, bevor er ihn mit Wucht gegen die Scheibe warf. Es war offensichtlich Sicherheitsglas, denn es gab nur ein ploppendes Geräusch, aber keine Scherben. Dennoch reichte es aus, um Mr Body abzulenken. Erschrocken fuhr er herum.
"What's going ...", stammelte er und suchte nach der Quelle des Lärms.
Chris packte Britta am Handgelenk und zog sie die Stahltreppe hinunter. "Go, go, go", drängte er.
Britta hielt sich am Geländer fest, sonst wäre sie gestolpert und gestürzt.
"I can't run so fast", japste sie, aber da waren sie auch schon unten angekommen.
"Any idea where Mrs Blue is?", wollte Chris wissen.
Britta schüttelte den Kopf.

"Okay, we need to get out of this place", flüsterte Chris und duckte sich hinter eine der Maschinen. "I hope Mr Body can't see us."
"I think we should run and **try to make it**", erwiderte Britta, die es für sinnlos hielt, dass sie sich versteckten.
"Okay, let's run", gab Chris das Kommando und wollte losrennen.
"No, wait", rief Britta im letzten Moment. "What about Tommy?"
Chris blieb stocksteif stehen. Seinen kleinen Bruder hatte er offensichtlich komplett vergessen.
"Shit", flüsterte er, während Britta ihn in die Hocke zog. "Why did he follow us anyway?"
"I have no idea, but we can't leave him alone", meinte Britta.
"You're right. But **on the other hand,** I know Tommy. He can take care of himself, believe me. And it'll help **neither us nor him** if we don't get out and call the police."
Sie diskutierten eine Weile flüsternd herum, als sie Schritte hörten. Dem Klang nach waren es Frauenschuhe. Mrs Blue?
"Now or never", sagte Chris.

---

try to make it versuchen es zu schaffen
on the other hand andererseits
neither us nor him weder uns noch ihm

Britta nickte, obwohl ihr der Gedanke, Tommy womöglich zurückzulassen, nicht behagte. Vorsichtig schlichen sie sich an den Maschinen entlang. Als die Schritte sich entfernten und kurz darauf auf der Stahltreppe ertönten, gaben sie jede Vorsicht auf und rannten einfach drauflos.

Aber natürlich war Mrs Blue nicht so dumm, wie sie gehofft hatten. Am Ausgang stand ein bullig aussehender Mann. Sie saßen in der Falle.

"**Damn**!", fluchte Chris. Sie zogen sich hinter eine der Maschinen zurück.

Der Mann kam durch den schmalen Gang auf sie zu. Er sah sehr gefährlich aus, und Britta hatte zum ersten Mal richtig Angst. Mr Body war zwar groß und kräftig, aber er schien trotzdem nett zu sein. Mrs Blue war so was wie der Boss, aber sie schien nicht gewalttätig. Aber der Neue da, der war ein echter Schlägertyp.

"There has to be another exit", flüsterte Britta panisch. "It can't be **the only one**. What do you think?"

Chris kam nicht mehr dazu ihr zu sagen, was er darüber dachte, denn plötzlich ertönte am anderen Ende der Halle ein Höllenlärm.

Damn! Verdammt!
the only one der einzige

Gerettet!

“What’s that?”, fragte Britta voller Panik.

“Tommy”, erwiderte Chris im Brustton der Überzeugung. “Sounds like he’s got some **fireworks left over** from New Year’s Eve.” Er grinste.

“Let’s hope you’re right”, gab Britta zurück. “Can you see Mr **Bully**?”

Chris spähte vorsichtig hinter der Maschine vor und sagte dann sehr leise: “Don’t move, he’s just around the corner.”

Der Lärm am anderen Ende der Halle ging in ein ohrenbetäubendes Krachen über. Chris zog Britta langsam hinter sich her. Da sie permanent geduckt bleiben mussten, taten ihr die Knie weh. Nur einmal aufstehen und strecken, dachte Britta sehnsüchtig, aber Chris hielt sie eisern unten.

“Now!”, gab er plötzlich das Kommando und rannte los. Britta stolperte und fiel hin.

“Get up, get up”, flüsterte Chris drängend.

Britta rappelte sich hoch und entwischte gerade noch dem zupackenden Griff von Mr Bully. Da sie sowieso entdeckt waren, rief Chris laut: “Tommy, wherever you are, get out!”

---

fireworks Raketen
left over übrig
Bully Schläger

Sie rannten in die dem Eingang entgegengesetzte Richtung, in der Hoffnung, dort einen weiteren Ausgang zu finden.
“Maybe **we should split up**”, japste Chris.
“Why?”, wollte Britta erschrocken wissen.
“To **confuse** them”, erklärte er und schlug einen Haken um eine der Maschinen herum, als Mrs Blue vor ihnen auftauchte.
“Tommy, wo bist du?”, rief er plötzlich auf Deutsch.
“Hier”, kam die Antwort von hinten.
“Das nützt euch nichts, ich verstehe euch”, kam die trockene Bemerkung von Mrs Blue.
“Tommy, do you remember last summer?”
“Sure”, kam die Antwort aus einer anderen Ecke. Auch Tommy schien sich permanent zu bewegen. Britta war sich nicht sicher, ob das gut oder schlecht war. Solange sie keine Tür fanden, die nach draußen führte, war ihnen nicht geholfen.
“Do you remember the …”, begann Chris erneut.
Britta klinkte sich aus. Wie konnten die beiden in solch einer Situation in Erinnerungen schwelgen? Sie mussten den verdammten Ausgang finden. Dennoch lief sie automatisch ihrem Cousin nach. Gerade als Chris wieder einen Haken schlug und sich hinter einer Druckmaschine duckte, sah sie die Tür.

---

we should split up wir sollten uns trennen
confuse verwirren

"Look!", sagte sie aufgeregt und zupfte Chris am Ärmel. Er nickte, offensichtlich hatte er die Tür bereits entdeckt. Er redete immer noch mit Tommy, irgendetwas mit Fußball. Britta begann zu ahnen, dass es ein Ablenkungsmanöver sein sollte. Wie es genau funktionierte, wusste sie aber nicht. Es war ihr auch egal, Hauptsache, sie kamen bald hier raus.
"Okay", sagte Chris plötzlich leise zu ihr. "As soon as I say run, you run, okay?" Er zeigte auf die Tür.
Britta nickte und schluckte.
"How many candles were on my last birthday cake, Tommy?", rief er laut.
"Twelve", rief Tommy zurück.
"That's right", erwiderte Chris und zählte mit den Fingern von zwölf runter auf null. Als beide Hände zu Fäusten geschlossen waren, zischte er: "Run!"
Britta rannte los, als sei der Teufel hinter ihr her. Gerade als sie an der Tür ankamen, hörte sie eine kurze, laute Explosion, kurz darauf ein Zischen, dann hüllte sie feiner roter Nebel ein. Chris packte sie am Handgelenk, riss die Tür auf und stürmte hindurch.
"**Keep running**!", rief er ihr überflüssigerweise zu. Britta wäre notfalls bis München gerannt, wenn sie das gerettet hätte. Sie mussten eine weitere Tür öffnen, die zum Glück ebenfalls nicht abgeschlossen war. Dann standen sie in einem Hausflur. Chris zö-

---

Keep running! Renn weiter!

gerte kurz. Von hinten hörten sie Schritte. Es konnte nicht Mr Body sein, denn seine Stiefel hätten anders geklungen.

“Let’s go”, drängte Britta. Nicht auszudenken, wenn sie so kurz vor dem Ziel doch wieder gefasst würden.

“Go, go!”, rief da Tommy hinter ihnen.

Chris raste wieder los. Nur noch die Haustür war zwischen ihnen und der Freiheit. Er riss sie auf. Britta hatte insgeheim erwartet, dass einer von Mrs Blues Gehilfen davor stand, aber wunderbarerweise gelangten sie unbehelligt in die Green Mews, die jetzt gar nicht mehr niedlich wirkte, sondern dunkel und bedrohlich.

Tommy hatte sie eingeholt und hängte sich an Britta an. Hand in Hand liefen sie an den niedrigen Gebäuden vorbei zur breiten Straße, stoppten aber nicht, sondern rannten weiter bis zur Earl’s Court Road, wo sie sich in der Menschenmenge einigermaßen sicher fühlten.

Britta schaute auf die Uhr. Es war gerade mal halb eins. Ihr war ihr unfreiwilliger Aufenthalt in der Druckerei wie ein ganzer Tag vorgekommen. Sie bekam Seitenstechen.

“Stop”, rief sie den beiden Jungs hinterher. “**I can’t breathe anymore**.”

Chris und Tommy hielten an, schauten sich aber dauernd um.

I can’t breathe anymore. Ich bekomme keine Luft mehr.

"Do you think they're following us?", fragte Chris. Britta zuckte die Achseln. Tommy sagte: "**I guess so**. They need to get us. We know too much." Er klang überhaupt nicht ängstlich, sondern eher stolz. Er schien das Ganze als Spiel zu sehen.
"Let's go home", schlug Britta vor. Da waren sie noch am sichersten aufgehoben.
"We should go to the police", meinte Chris.
Britta musste trotz ihrer Angespanntheit lachen.
"That's stupid. We don't have any **proof**", sagte sie. "All we've got are stupid names."
"We've got this", rief Tommy triumphierend und hielt einen Bogen mit 100-Euro-Scheinen hoch.
"Are you completely **nuts**?", schrie Chris außer sich und riss seinem Bruder das Papier aus der Hand. Er zerknüllte es und stopfte es in seine Hosentasche.
"Hey, it's mine", maulte Tommy.
"Shut up", wies Chris ihn zurecht. "Do you want to **get into trouble** because you've got **fake money**? It's illegal to have fake money."
"But I took it so we'd have proof of what's going on at the print shop", erwiderte Tommy störrisch.
"That was a brilliant idea", gab Chris ihm recht.

I guess so. Ich vermute.
proof Beweis
nuts verrückt
get into trouble in Schwierigkeiten geraten
fake money Falschgeld

"But **you can't wave this around** here in front of all these people."

"Let's go home", wiederholte Britta. "Maybe we should talk to your father. He'll know what to do."

"I don't like the idea, but I don't have a better one", gestand Chris.

"He won't kill us", meinte Britta tröstend.

Vorsichtshalber liefen sie ein paar Umwege, falls ihnen doch jemand aus der Druckerei gefolgt war. Endlich standen sie vor dem Blake'schen Haus.

Tante Anja war nicht da, was Britta einerseits gut fand, andererseits schlecht. Mit einem Erwachsenen im Haus hätte sie sich sicherer gefühlt. Sie wollte Kakao kochen und fand im Kühlschrank eine Schüssel mit Nudelauflauf. Darauf lag ein Zettel: "Put it in the microwave and **heat** for three minutes. **Enjoy**! Mum."

Britta schluckte. Solche Zettel hatte sie früher auch bekommen, aber das war lange her. Sie schüttelte den Kopf, stellte den Auflauf in die Mikrowelle und deckte den Tisch. Als die Mikrowelle mit einem leisen Ping anzeigte, dass das Essen fertig war, rief sie ihre Cousins: "Boys, lunch is ready."

---

you can't wave this around du kannst damit nicht herumfuchteln

heat aufwärmen

Enjoy! *hier:* Guten Appetit!

Geständnisse

Ausgerechnet an diesem Abend hatte Onkel Jonathan einen Termin. Tante Anja ließ sich nicht erweichen, dass sie länger aufbleiben durften, so sehr sie auch drängten. Wann immer sie den Grund dafür wissen wollte, sagte Chris: "We can't tell you."

"Well, then I can't help you", kam die immer gleiche Antwort.

"We need to stay **awake** and get up when my father comes home", sagte Chris zu Britta, als sie in ihre Zimmer gingen. Aber obwohl Britta fest entschlossen war, wach zu bleiben, war sie innerhalb kürzester Zeit eingeschlafen. Sie träumte von der Druckerei und Mr Body, der sie mit einem äußerst hässlichen Grinsen auf den Lippen durch die große Halle jagte, während Mrs Blue ihm vom Büro aus Kommandos zurief. Als Chris sie wachrüttelte, war sie schweißgebadet.

"Where's Tommy?", fragte sie, als sie ihren kleinen Cousin nicht sah.

"**He's fast asleep**", erwiderte Chris. "Are you ready?"

Britta nickte, obwohl sie alles andere als bereit war. Onkel Jonathan würde sicher nicht erfreut sein. Und tatsächlich:

---

awake wach

He's fast asleep Er schläft fest.

"What are you doing here, in the middle of the night?", fragte er streng und schaute demonstrativ auf die große Wanduhr, als Britta und Chris sich ins Wohnzimmer stahlen. "It's almost midnight."
"Yes, I know", sagte Chris. "But we need to tell you something."
Sie setzten sich eng nebeneinander auf das Sofa. Chris schnaufte tief durch und begann: "Well, it's a long story ..."
Onkel Jonathan hörte genau zu, stellte hier und da eine Zwischenfrage, unterbrach sie sonst aber nicht.
"What a story", sagte er schließlich, als Chris geendet

hatte. "Well, a nice story **indeed**. But you could have told me tomorrow morning", meinte er dann.
Chris starrte ihn ungläubig an. "You don't believe us?"
Sein Vater lachte. "To be honest? No, I don't believe you."
"But it's true", mischte sich Britta zum ersten Mal ein. Sie hatte mit allem gerechnet, aber nicht damit, dass Onkel Jonathan ihnen nicht glauben würde.
"We've got proof", sagte Chris triumphierend und zog den zerknüllten Bogen Euroscheine heraus. Onkel Jonathan nahm das Stück Papier vorsichtig in die Hand, strich es glatt und starrte mit gerunzelter Stirn darauf.
"Where did you get this?", wollte er dann streng wissen.
"We've told you", sagte Chris.
"Chris, **don't lie to me**", erwiderte sein Vater warnend.
"We're not lying", bekräftigte Britta erneut. "It's the **truth**."
"**You want to make me believe such a story?** Sorry, kids, but this sounds a bit like James Bond."

---

indeed in der Tat
don't lie to me lüg mich nicht an
truth Wahrheit
You want to make me believe such a story? Ihr wollt, dass ich euch diese Geschichte glaube?

"Dad, please!", sagte Chris bittend. "Please, believe us, it's true."
Onkel Jonathan schaute sie immer noch äußerst skeptisch an, doch als Britta und Chris immer wieder bekräftigten, dass es die reine Wahrheit war, schien er ihnen doch allmählich zu glauben.
"What do you want me to do?", fragte er.
"We should go to the police and tell them everything", antwortete Chris. "We were afraid they wouldn't believe us – like you."
"Well, my boy, you have to **admit** that it *is* a strange story", verteidigte sein Vater sich.
"It may be strange, but it's true."

"Okay, okay, I do believe you." Jonathan hob abwehrend die Hände. "We'll go to the police **first thing** tomorrow morning. But you have to go to bed now or you won't wake up in the morning."
Chris fiel seinem Vater um den Hals, und Britta hauchte ihm ein Küsschen auf die stoppelige Wange.

Obwohl sie nur wenige Stunden geschlafen hatten, saßen sie beide hellwach am Frühstückstisch. Chris' Vater hatte Tante Anja offensichtlich von dem nächtlichen Geständnis berichtet, denn sie schüttelte immer wieder den Kopf und sagte ein ums andere

---

admit zugeben
first thing als Allererstes

Mal: "If only I had known, I wouldn't have let you go."
"You can't **lock us up**", gab Chris zurück.
Tommy wollte natürlich mit zur Polizei, was ihm auch keiner verwehren wollte. Immerhin hatte er entscheidend zur Rettung von Britta und Chris beigetragen.
Auf der Polizeistation reagierte man genauso ungläubig wie Onkel Jonathan, und erst als er den bedruckten Bogen präsentierte, wurde ein ranghöherer Beamter geholt. Doch dann ging alles sehr schnell. Britta, Chris und Tommy wurden in verschiedene Räume gebracht und befragt.
Britta saß einer jungen Polizeibeamtin gegenüber.
"Hi, my name is Linda. Do you need an interpreter?", begann sie.
Britta verstand nicht und sah sie fragend an.
"Someone who **translates** for you?"
Ach, ein Dolmetscher. Britta schüttelte den Kopf.
"No, I don't think so. I would like to try it by myself."
"Your English is very good", sagte Linda. "How old are you?"
"Twelve."
"And you live with your uncle and aunt?"

---

lock us up uns einsperren
translates übersetzt

"Yes. I'm **on holiday** in London. I usually live in Munich", sagte Britta. Was wohl ihr Vater zu der ganzen Geschichte sagen würde?
"Okay. Now, tell me all about the print shop and how you found out about it."
Britta begann mit dem Flug nach Heathrow, und wie ihr die Frau mit der blauen Aktentasche aufgefallen war.
"The briefcase was stolen at the airport, but one hour later she had it back", sagte sie und ergänzte dann schnell: "I don't want to say that the people at the airport aren't fast but …" Sie wusste nicht, wie sie es erklären sollte.

"I know what you mean", kam ihr Linda zu Hilfe. "Usually **it takes a couple of hours** until you get lost luggage. It takes at least an hour to **fill in** all the documents", sagte sie lachend. "So, you **decided** this woman was **suspicious** and you followed her."
"Yes. But it was a game, you know? It was just in my **imagination**. I didn't really think she was doing something bad."

---

on holiday im Urlaub
it takes es dauert
a couple of hours ein paar Stunden
fill in ausfüllen
decided hast entschieden
suspicious verdächtig
imagination Einbildung

“How did your – brother …?” Linda blätterte in den Unterlagen, die vor ihr lagen.
“Cousin. Chris and Tommy are my cousins”, korrigierte Britta sie.
“Ah, your cousins, yes. Where do your cousins come in?”
“What do you mean? I don’t understand.”
“I’m sorry. You told your cousin about the woman with the briefcase and then what?”, sagte Linda.
“Oh, it was also fun for him, so we decided to play detective and follow her.”
“You didn’t have any **suspicion** yet about her **‘profession’**?”, fragte Linda und hob beide Hände, um die Gänsefüßchen anzudeuten.
Britta schüttelte den Kopf.
“No.”
“When was the first time **you realised** that there might be something wrong?”
Britta dachte zurück an ihre ersten Verfolgungen. War es wirklich erst vier Tage her? Es kam ihr vor wie zwei Wochen.
“Harrods”, sagte sie. “When she met Mr Fat at Harrods.”
“Mr Fat?”

---

suspicion Verdacht
profession Beruf
you realised du hast verstanden

Britta musste lachen, weil Linda sie so ungläubig anstarrte.
"It's not his real name, of course", erklärte sie. "He is – well, fat, and that's why we called him Mr Fat. We gave them all names. Mrs Blue, Mr Fat, Mr Thin, Mr Body and Mr Bully", fügte sie hinzu.
"I see", erwiderte Linda, aber Britta hörte deutlich, dass sie nichts kapiert hatte.
"When you see them, you'll understand", meinte sie.
Es klopfte an der Tür.
"Come in", rief Linda.
Ein männlicher Kollege steckte nur den Kopf herein und bat sie hinaus.
"Just a moment", sagte Linda zu Britta. "I'll be back in a minute."
Es dauerte tatsächlich nicht lange, bis sie zurückkam, und ihr Gesichtsausdruck verriet nichts Gutes.
"What's wrong?", wollte Britta wissen.
"My **colleagues** checked the print shop. They couldn't find any fake notes. No paper, no notes, nothing."
Britta starrte sie an.
"But, but that's not possible!", rief sie. "I saw it with my own eyes!"
"I believe you", sagte Linda beruhigend. "But we need to have some proof."

---

colleagues Kollegen

Das muss gefeiert werden

Dass die Polizei ihnen tatsächlich glaubte, erkannten sie daran, dass man sie vor einen Computer setzte und ihnen endlos Verbrecherfotos zeigte.
“Stop”, rief Britta plötzlich. Der Polizeibeamte drückte eine Taste, und das Foto blieb auf dem Bildschirm stehen. Britta stupste Chris an.
“What do you think? It could be Mr Thin.”
“No. Mr Thin didn’t have a beard. And this guy isn’t thin at all. He was more like this …” Er zog seine Wangen ein, um die Magerkeit von Mr Thin zu demonstrieren.
“Look at his eyes. I’m sure it’s him”, beharrte Britta.
“I don’t know”, meinte Chris zögernd und hielt die Handfläche gegen den Bildschirm.
“Wait”, mischte sich der Beamte ein. “We can **manipulate** it.” Er telefonierte kurz und fragte nach einem Kollegen namens Charlie, der kurz darauf erschien.
“Hi Pete, hi **folks**, you need my help?” Er setzte sich an einen anderen Computer und tippte eine Weile herum, sagte dann: “Okay, I’m ready when you are.”

---

manipulate *hier:* bearbeiten
folks Leute

Pete nannte Charlie eine Zahl, die der in den Computer eingab, und schon erschien das Bild, das Britta stutzig gemacht hatte.
"Okay now, let me know what to do with him", sagte Charlie.
"Can you show him without a beard?", fragte Britta.
"Sure", erwiderte Charlie und tippte etwas. Das Bild blinkte kurz und der Mann erschien ohne Bart.
"He's still too fat", meinte Chris.
"No problem." Charlie tippte wieder, das Bild verschwand, um kurz darauf mit einem dünneren Gesicht wieder aufzutauchen. Jetzt gab es keine Zweifel mehr.

"That's him", riefen Britta und Chris in einem Atemzug. "That's Mr Thin", ergänzte Britta.
"Two, four, seven, zero", sagte Charlie zu Pete, der diese in seinen Computer eintippte. Eine Art Dokument erschien. Pete las eine Weile und nickte dann. "Seems to fit: Fraud, forgery, money laundering."
"What does that mean?", wollte Britta von Chris wissen, da ihr die Begriffe nichts sagten.
"Betrug, Fälscherei und Geldwäsche", erklärte Chris breit grinsend. "Klingt gut, was?" Britta nickte.
Sie schauten noch weitere Fotos an, aber Mr Thin blieb der einzige Treffer. Die Polizei war dennoch sehr zufrieden. Linda holte sie ab und erklärte ihnen, dass sie nun versuchen würden, Mr Thin zu finden.
"You did a really great job", sagte sie lobend. "We

have so many **clues** now I'm sure we'll **nail** them **down**."

Es gebe bestimmte Anhaltspunkte, mit wem Mr Thin zusammenarbeitete. Der Hinweis, dass Mr Body mit Vornamen Hank hieß, würde ihnen sicher auch weiterhelfen, nicht zu vergessen das Nummernschild am Wagen von Mr Fat. Und das Haus mit der Druckerei, in dem Mrs Blue wohnte, wurde gerade durchsucht.

Britta musste lachen.

"What?", wollte Linda wissen.

"You're already calling them Mrs Blue and Mr Fat like we do", sagte Britta.

"Yeah, well, one **gets used to** names like these pretty fast", gab Linda lachend zu. "I'll tell you a secret: We do exactly the same when we're **hunting** for someone. You don't need to remember all those strange family names, **especially** when they're **foreign**, but you pick a typical **feature** and name the **suspect** after it. My favourite one was Mr Nose. His

---

clues Hinweise
nail down überführen
gets used to gewöhnt sich an
hunting jagen, *hier auch:* suchen
especially besonders
foreign ausländisch
feature Eigenschaft
suspect Verdächtigen

nose was like this." Sie hielt ihren Arm zirka einen halben Meter von sich entfernt.
Alle lachten.
"What's the next **step**?", wollte Onkel Jonathan wissen.
"We'll try to find the suspects – or at least one, Mr Thin **for example**, and then the kids will have to **identify** him – or them", sagte Linda. "We need to nail them down one hundred **percent**", ergänzte sie.
"Do we need to wait here or can we go home? I need to go to my office to check some documents and **cancel** some **appointments**."
"Oh, sure. You can go home now", sagte Linda. "But I need you to stay at home so we can **reach** you as soon as we find a suspect."
"No problem", meinte Tante Anja. "I guess they'll fall asleep as soon as we get home. I'll watch the phone."
"Great. I'll **keep you updated**", versprach Linda.
Sie verabschiedeten sich.

---

step Schritt
for example zum Beispiel
identify identifizieren
percent Prozent
cancel absagen
appointments Termine
reach erreichen
keep you updated euch auf dem Laufenden halten

"You've done a great job", lobte Linda sie noch einmal.
Obwohl Britta und ihre Cousins ziemlich aufgekratzt waren und sich nur unter Protest hinlegten, schliefen sie sofort ein. Als Britta erwachte, war es bereits Nachmittag. Sie ging in die Küche, wo sie ihre Tante vermutete.
"Good morning", sagte sie und gähnte herzhaft.
"Well, good afternoon **rather**", sagte Tante Anja lachend. "Did you sleep well?"
"Wie ein Stein", erwiderte Britta und stöberte im Kühlschrank nach etwas Essbarem.
"Iss doch ..., uhm, have some fruit or a yoghurt", schlug Tante Anja vor. "I can't get used to talking English to you. It's **amazing** how much your English **has improved** during these few days."
Britta wurde rot. "Thanks", sagte sie und nahm einen Ananasjoghurt. "Chris is a very good teacher."
"Yes, that's what **amazes** me **the most**", gab seine Mutter zu. "I never thought he could be so **patient**. **Obviously,** I underestimated him."

---

rather eher
amazing erstaunlich
has improved hat sich verbessert
amazes erstaunt
the most am meisten
patient geduldig
obviously offensichtlich

"What does that mean?"
"Unterschätzen."
"Ah, I see."
"And what's even better is that you aren't too **shy** to ask when you don't know a word.
Britta grinste. Allmählich wurde das peinlich mit dem vielen Lob. "It was hard **at first,** but now **I've got used to it**", gestand sie.
Nach und nach trudelten auch Chris und Tommy ein. Sie wollten sich nicht so bereitwillig auf gesundes Essen einlassen, aber ihre Mutter blieb hart. Sie versprach ihnen eine Überraschung für den Abend.
Sie verbrachten die Wartezeit vor dem Fernseher. Jedes Mal wenn das Telefon klingelte, sprangen sie hoch und lauschten gespannt Anjas Worten, aber es war immer nur eine Bekannte. Als Onkel Jonathan nach Hause kam, rief Anja bei Linda an und teilte ihr mit, dass sie ab sofort nur noch über Handy erreichbar seien.
"We're going out for dinner!", rief Tommy und tanzte wild umher.
Sie fuhren eine Weile mit dem Auto und hielten schließlich vor einem indischen Restaurant. Der Besitzer schien sie gut zu kennen, denn er kam sofort ange-

---

shy schüchtern
at first zuerst
I've got used to it ich habe mich daran gewöhnt

rannt und begrüßte sie unter vielen Verbeugungen und freudigen Ausrufen, die Britta nicht verstand.
Das Essen wurde gerade aufgetragen, als Jonathans Handy klingelte. Er hörte vor allem zu und sagte nur hin und wieder: "Yes" oder "I see". Als das Gespräch beendet war, wollten natürlich alle wissen, was los war. Er blickte ernst in die Runde und sagte schließlich: "They've found the money." Er hielt die Hände hoch, um das aufbrandende Freudengeschrei zu stoppen. "And ...", begann er.
"Daddy!"
"Tell us, please!"
Endlich sagte er: "And they've caught Mr Thin and this woman."
"Mrs Blue?", fragte Britta. "Yes. We need to go to the police first thing tomorrow morning, and you'll have to identify them."

Happy End

Es gab weder für Chris noch für Britta einen Zweifel: Sie identifizierten Mrs Blue und Mr Thin eindeutig. Auch Tommy durfte bestätigen, dass er Mrs Blue in der Druckerei gesehen hatte.
Von allen Aussagen wurden Protokolle gemacht, die Tante Anja und Onkel Jonathan unterschrieben.
Sie verabschiedeten sich von Linda und fuhren nach Hause, wo eine Überraschung auf sie wartete: Auf dem Blake'schen Anrufbeantworter waren sage und schreibe sieben Anfragen von Zeitungen für ein Interview.

"**News** like this **travels** fast", sagte Onkel Jonathan und verzog sich in sein Arbeitszimmer.
"You can't leave me to decide on my own", rief Tante Anja ihm hinterher. "What shall I do?"
"Ask the kids. If they're old enough to catch a gang of **forgers**, they're probably old enough to handle journalists", kam die lapidare Antwort.
Als Chris sah, dass seine Mutter mit all den Anfragen überfordert war, sagte er: "Why don't we write down all the calls and check what kind of newspapers they are? Then we can decide whom to meet."

---

news Nachrichten
travels *hier:* verbreiten sich
forgers Fälscher

"Good idea", sagte Tante Anja.
Sie holten Zettel und Stift und begannen die Nachrichten aufzuschreiben. Als sie fertig waren, riefen noch zwei weitere Reporter an und eine kleine, lokale Radiostation.
"We'll be **famous**", sang Tommy und tanzte durch die Wohnung.
Mit Tante Anjas Hilfe stuften sie die Zeitungen in ***trustworthy*** und *not trustworthy* ein und trafen eine Entscheidung.
"We should meet the guy from the local radio", meinte Chris. "I've always wanted to see a studio from the inside."
"I'd like to meet this woman from the Kensington newspaper", sagte Britta. "She had such a nice **voice**."
Es war aber weniger die Stimme als die Tatsache, dass sie sicher war, sich bei einer Frau wohler zu fühlen.
Tommy konnte sich nicht entscheiden. Er war wütend, weil das Fernsehen nicht angerufen hatte.
"You'll see. As soon as the newspaper articles **appear**, the TV reporters will call", versicherte Chris ihm. Tommy beschloss daraufhin auf die Fernsehleute zu warten.

---

famous berühmt
trustworthy vertrauenswürdig
voice Stimme
appear erscheinen

Tante Anja rief bei den Zeitungen und dem Lokalsender an und vereinbarte die Termine. Da diese sich überschnitten, entschied sie, dass Chris mit seinem Vater und Britta mit ihr gehen würde.

Wie Britta gehofft hatte, war die Reporterin sehr nett. Sie war schon älter und beinahe ebenso aufgeregt wie Britta.

"I'm Nancy Trevor, a **pleasure** to meet you." Sie schüttelte beiden die Hand. "I am so **excited**. Usually I write about sport **events** or **theatre performances** in schools. But I've never met anyone who has caught a whole **gang** of bandits."

Das Interview war ein bisschen wie die Befragung bei der Polizei. Nancy stellte einfache Fragen, die Britta leicht beantworten konnte. Wenn sie etwas nicht wusste, sprang Tante Anja ein. Das Ganze dauerte zirka zwanzig Minuten. Nancy schoss noch zwei Fotos "of our little **heroine**" und bedankte sich überschwänglich.

"**I have to rush off now**", sagte sie noch mit einem Blick auf die Uhr. "If I get this ready by one

---

pleasure Vergnügen
excited aufgeregt, begeistert
events Ereignisse
theatre performances Theateraufführungen
gang Bande
heroine Heldin
I have to rush off now. Ich muss jetzt los.

o'clock, it'll appear in tomorrow's **issue**. Have a great day – and don't **chase** too many bandits, okay?" Kichernd winkte sie Britta und ihrer Tante zu und stieg in ihr Auto.
"That wasn't too bad, was it?", wollte Tante Anja wissen.
"No, it was fine", erwiderte Britta. Trotzdem war sie irgendwie enttäuscht. Sie hatte sich ein Interview aufregender vorgestellt.
"What about a special **treat**?", fragte Anja, die ihre Bedrückung zu spüren schien.
"Special treat?", fragte Britta vorsichtig nach.
"Yes, like a huge hot chocolate with lots of **whipped cream** and some **delicious** cake?" Ihre Tante sah sie erwartungsvoll an.
"That sounds nice", meinte Britta erleichtert. Sie hatte schon befürchtet, zum Arzt geschickt zu werden. Manchmal war Englisch eine seltsame Sprache.
Sie gingen in ein Café, bestellten Kaffee für Anja, heiße Schokolade für Britta und zwei riesige Stück Apfelstrudel mit Vanilleeis für beide.
"Hmm, das war lecker", seufzte Britta und wischte sich die Sahnereste vom Mund.

---

issue Ausgabe
chase jagen
treat Leckerei
whipped cream Schlagsahne
delicious leckeren

Tante Anja lachte leise.
"Was ist?", wollte Britta wissen.
"Manche Dinge sagt man halt doch in der eigenen Sprache", antwortete Anja.
"Oh", meinte Britta erstaunt. "I didn't realise that."

Zu Hause warteten drei vollkommen aufgedrehte Männer auf sie.
"What's wrong?", wollte Tante Anja sofort wissen.
"Nothing's wrong", meinte ihr Mann. "We're just very excited, that's all."
"Admit it, you can't get enough of this", sagte Anja lachend.
"Well, our kids did pretty well, didn't they?"
"Yes, they did", gab sie zu.
Sie saßen zusammen und warteten darauf, dass der Radiosender das Interview mit Chris bringen würde. Sein Vater hatte eine Kassette eingelegt, um alles aufzunehmen. Endlich war es so weit.
"Good afternoon, ladies and **gentlemen**", sagte der Sprecher. "Today I will tell you an **extraordinary** story about three children and a gang of forgers. When Britta from Munich, Germany, arrived at Heathrow …"
"That's you", kreischte Tommy.

gentlemen Herren
extraordinary außergewöhnlich

Britta nickte und lächelte. Es war ihr ein wenig peinlich, dass Chris offensichtlich die ganze Geschichte erzählt hatte.
"... how did you do this, Tommy?", sagte der Sprecher.
"I had some fireworks left over from last New Year's Eve", ertönte Tommys Stimme aus dem Radio.
"That's me, that's me", sang der reale Tommy.
"Shut up, for Christ's sake", rief Chris. "We can't hear anything."
"... less **crime** in our streets if more people would be as **courageous** as these kids. Thanks Tommy, thanks Chris, and thanks to you, Britta. This was ..."
"Wow, what a report", rief Tante Anja. "I'm afraid ours isn't that spectacular."
"**It's not about** being spectacular", sagte Chris. "But it's fun to be interviewed, isn't it?"
Ihre Tante hatte sich geirrt, denn Brittas Bild prangte am nächsten Morgen auf Seite eins der Kensington News.
Obwohl sie die Geschichte mittlerweile auswendig kannten, lasen sie den Artikel mit Hochspannung.
"Listen to this!" rief Chris: "**How come** three chil-

---

crime Verbrechen
courageous mutig
It's not about Es geht nicht darum
How come Wie kommt es, dass

dren, aged 8 and 12, are able to **hunt down** a gang of forgers, while the police are not?' How true", sagte er zufrieden. "How come ..."
Es klingelte.
"I'll get it", sagte Britta, der das alles im Moment zu viel wurde. Hoffentlich war das nicht schon wieder ein Reporter.
"Tell them we want one million", rief Chris ihr hinterher. Alle lachten.
Britta öffnete die Tür – und war perplex, als ihr Vater vor ihr stand.
"Dad, Paps, Daddy", stammelte sie und fiel ihm um den Hals.

"Hallo, Große", sagte ihr Vater und hielt sie fest.
"What are you ... was machst du in London?"
"Na, schon dein ganzes Deutsch vergessen?"
"Almost", erwiderte Britta und schüttelte dann den Kopf. "Scheint fast so. Was machst du hier? Ich dachte, du kommst erst in zwei Tagen."
"Freust du dich gar nicht?"
"Aber natürlich freue ich mich", rief Britta und fiel ihm noch einmal um den Hals.
"**Surprise**, surprise", ertönte hinter ihr die Stimme ihrer Tante. "Hallo, Bruderherz."
Als alle sich begrüßt hatten und in der Küche bei-

---

hunt down zur Strecke bringen
surprise Überraschung

sammensaßen, fiel Britta ein, dass ihr Vater ja gar nichts von ihrem Abenteuer wusste. Aber da wurde sie erneut überrascht. Er zog eine Tüte aus seiner Tasche und stellte sie auf den Tisch.

"I think we have something to celebrate today. If I'm right, we have some famous people here." Er grinste seine Tochter an.

"How do you know?", rief Britta.

"Well, you know, I bought a newspaper in Barcelona, and what do I read? That my daughter is playing detective in London."

"In Barcelona?" Tommys Stimme überschlug sich fast vor Aufregung.

"Hush", sagte seine Mutter und hielt ihn am Arm fest. "Don't get too excited. I called him."

Tommy war enttäuscht, aber Britta war froh, dass Tante Anja ihren Vater angerufen hatte. So nett Anja und Jonathan auch waren, sie waren eben nicht die Eltern.

"When do you have to fly back?", fragte sie.

"Not until next week", erwiderte ihr Vater. "The business in Barcelona is almost done, the rest can be handled by phone. If you want me to, I can stay, and we can spend a couple of days together. But I won't play detective", rief er lachend.

Britta wusste nicht, was sie sagen sollte.

"That's great", meinte Chris grinsend. **"Then I'm**

finally rid of her."
"Pah", gab Britta zurück. "And I'll finally learn proper English and not only bad words like *bastard* and *bloody* and stuff like that."
Es dauerte lange, bis sie ihre Tante davon überzeugen konnte, dass Chris ihr keine Schimpfwörter beigebracht hatte. Sie hatten noch viel Spaß an diesem Tag, und Britta freute sich auf die kommenden Tage, an denen sie zusammen mit ihrem Vater London unsicher machen würde.

Then I'm finally rid of her. Dann bin ich sie endlich los!